Von James Blish
sind bereits im Goldmann Verlag erschienen:

Die Original-Abenteuer von Raumschiff Enterprise 1
Der unwirkliche McCoy · 23730

Die Original-Abenteuer von Raumschiff Enterprise 2
Strafplanet Tantalus · 23731

Die Original-Abenteuer von Raumschiff Enterprise 3
Spock läuft Amok · 23732

Die Original-Abenteuer von Raumschiff Enterprise 4
Das Silikonmonster · 23733

Die Original-Abenteuer von Raumschiff Enterprise 5
Der Asylplanet · 23734

Die Original-Abenteuer von Raumschiff Enterprise 6
Die Lichter von Zhetar · 23735

Die Original-Abenteuer von Raumschiff Enterprise 7
Das Paradies-Syndrom · 23737

Die Original-Abenteuer von Raumschiff Enterprise 8
Der Doppelgänger · 23738

Die Original-Abenteuer von Raumschiff Enterprise 9
Rückkehr zum Morgen · 23739

Die Original-Abenteuer von Raumschiff Enterprise 10
Ein kleiner Privatkrieg · 23740

Die Original-Abenteuer von Raumschiff Enterprise 11
Der Tag der Taube · 23741

SCIENCE FICTION
ABENTEUER

JAMES BLISH

RAUMSCHIFF ENTERPRISE 12

Spock muß sterben!

STAR TREK © 12

GOLDMANN VERLAG

Titel der amerikanischen Originalausgabe:
»Spock Must Die«

Aus dem Amerikanischen von Hans Maeter
überarbeitet von Hermann Urbanek

Der Goldmann Verlag
ist ein Unternehmen der Verlagsgruppe Bertelsmann

Made in Germany · 10/88 · 1. Auflage
Genehmigte Taschenbuchausgabe

Umschlaggestaltung: Design Team München
Umschlagillustration: Bob Larkin/Agt. Vega
Satz: IBV Satz- und Datentechnik GmbH, Berlin
Druck: Elsnerdruck, Berlin
Verlagsnummer: 23742
Lektorat: Christoph Göhler
Herstellung: Peter Papenbrok
ISBN 3-442-23742-4

McCOYS PROBLEM

Aus dem Logbuch des Captains, Sternzeit 4011.9:

Wir fahren mit der Aufzeichnung eines Navigations-Koordinatensystems für diesen Raum-Zeit-Abschnitt befehlsgemäß fort. Mr. Spock berichtet, daß diese Methode nach wie vor »Markierung von Festpunkten« genannt wird, genau wie bei den antiken Kartenzeichnern der Zeit vor dem Raumflug, obwohl diese Kubik-Parsecs leeren Raums kaum dazu geeignet sind, irgend etwas festzulegen. Obgleich wir uns – in Hyperraummaßstäben gesehen – unweit des Imperiums der Klingonen befinden und die Klingonen wahrscheinlich sogar behaupten würden, daß wir bereits in ihrem Hoheitsgebiet sind, ist unsere Arbeit bisher ohne jeden Zwischenfall verlaufen, und ich glaube, bei meinen Offizieren gewisse Anzeichen von Langeweile feststellen zu können. Ihr Diensteifer und ihre Pflichterfüllung leiden allerdings nicht darunter.

»Was mir ehrlich Sorgen macht«, sagte McCoy, »ist die Frage, ob ich wirklich noch ich bin. Ich habe den furchtbaren Verdacht, nur noch ein Geist zu sein. Und zwar seit gut zwanzig Jahren.«

Diese Worte hörte Kirk, als er die Offiziersmesse der *Enterprise* betrat. Sie waren jedoch nicht an ihn gerichtet. Kirk sah den Bordarzt mit Scott an einem der Tische sitzen, und Scott hörte ihm aufmerksam zu.

Kirk runzelte die Stirn. Scott interessierte sich für persönliche Probleme. Und McCoy erörterte sie mit einem anderen Menschen. Normalerweise brachte Scotty anderen Menschen weniger Interesse entgegen als seinen Maschinen; und McCoy war sonst verschlossen wie die sprichwörtliche Auster.

»Darf ich an diesem Symposium teilnehmen?« fragte Kirk, »oder ist dies eine geschlossene Gesellschaft?«

»Ganz und gar nicht. Es ist nur purer Unsinn, was wir da bequasseln, glaube ich«, sagte der Chefingenieur. »Pille entwickelt mir gerade eine Hypothese, daß unser Transporter eine Art elektrischer Stuhl sei. Ich verstehe zwar kein Wort von dem, was er da verzapft; aber ich versuche es zumindest.«

»Aha«, sagte Kirk. Etwas anderes fiel ihm nicht ein. Er setzte sich. Seine erste Vermutung, daß McCoy mit seinen Worten irgendwie, auf weiten Umwegen, auf seine Scheidung angespielt hätte, war damit unbegründet. Diese Erkenntnis gab ihm zwar sein Selbstvertrauen in die richtige Einschätzung von McCoys Charakter wieder, verwirrte ihn aber andererseits. Die richtige Einschätzung McCoys war nicht nur für ihn persönlich, sondern auch im Interesse des Schiffs äußerst wichtig. Der Bordarzt war der einzige Mensch, der Kirk immer und jederzeit auch auf seine persönlichsten Dinge hin ansprechen konnte. Es war sogar McCoys Pflicht, sich ständig über den physischen, geistigen und seelischen Zustand des Captains auf dem laufenden zu halten und darüber offen zu sprechen – und nicht nur seinem Patienten gegenüber. Als McCoy seinen Dienst auf der *Enterprise* angetreten hatte, war Kirk der Meinung gewesen, daß seine Scheidung den Entschluß, auf einem Sternenschiff Dienst zu tun, wesentlich beeinflußt hatte. Die Einzelheiten der Scheidung kannte er aber bis heute noch nicht. Er wußte lediglich, daß McCoy eine Tochter namens Joanna hatte, die jetzt zwanzig Jahre alt war und für die der Arzt sorgte. Sie stand irgendwo in Ausbildung als medizinisch-technische Assistentin, und McCoy hörte von ihr, so oft es der interstellare Postdienst erlaubte.

»Irgend jemand«, sagte Kirk, »sollte mir endlich sagen, worum es überhaupt geht. Pille, du hast schon einige Dutzend Mal erklärt, daß du das Transportersystem nicht magst. Ich glaube, du hast sogar mehrmals das Wort ›hassen‹ verwendet. Ich hasse es, hast du wiederholt gesagt, meine Moleküle auseinandernehmen und von einem Ort zum anderen beamen zu lassen, als ob ich ein Funkspruch wäre. Geht es jetzt wieder darum?«

»Ja und nein«, sagte McCoy. »Es ist folgendermaßen: Wenn ich Scotty richtig verstehe, verwandelt der Transporter die Materie des menschlichen Körpers in Energie und rekonstituiert sie an ihrem Bestimmungsort wieder zu...«

»Das ist eine entsetzliche Simplifizierung«, unterbrach ihn Scotty. »Der Transporter tut folgendes: Er analysiert den Energie-*Status* jedes einzelnen Körperpartikels und produziert dann eine Dirac-Brücke zu einem equivalenten Status an einem anderen Punkt des Raums. Es ist keinerlei Energiewandlung damit verbunden. Wenn das der Fall wäre, würden wir das Schiff damit in die Luft jagen.«

»Das interessiert mich nicht«, sagte McCoy und schüttelte den Kopf. »Um was es mir geht, ist allein mein Bewußtseinszustand – mein Ego, wenn Sie so wollen. Und das ist keine Frage der Materie, der Energie oder irgendeiner anderen Substanz, die ich Ihnen nennen könnte, und es ist nun mal Tatsache, daß es das Zentralphänomen allen menschlichen Denkens darstellt. Schließlich wissen wir alle, daß wir in einem solipsistischen Universum leben.«

»In einem was?« fragte Kirk.

»Wir leben in zwei Welten«, sagte McCoy geduldig. »Die eine ist die, welche wir in uns tragen – unsere persönliche, eigene Weltsicht, sozusagen –, die andere ist das phänomenale Universum, das aber, genauer betrachtet, auch nur einen Konsensus von individuellen Weltanschauungen darstellt, ergänzt durch Messungen und andere maschinell erfaßte Daten. Das Konsensus-Universum ist also *ebenfalls* nichts als ein Bewußtseinsprodukt, wenn auch ein kollektives. Bist du nicht auch der Meinung, Jim?«

»Vorbehaltlich«, sagte Kirk. »Ich finde aber zumindest deine Hypothese von einem Konsensus-Universum recht überzeugend.«

»Statistisch auf jeden Fall. Aber die Hypothese bricht sehr schnell zusammen, wenn man die individuellen Daten untersucht, aus denen sich diese Statistik zusammensetzt. Alles, was wir *wirklich* wissen, ist das, was wir mit unserem Gehirn registrieren – eine Theorie, die früher logischer Positivismus genannt wurde. Ich gehe noch weiter: Ich behaupte, daß es vielleicht gar kein Konsensus-Universum gibt und daß außerhalb meines Bewußtseins, das ich nicht ausloten kann, nichts als existent bewiesen werden kann. Diese Position wird Solipsismus genannt, und ich behaupte, daß die Tatsache des Bewußtseins uns alle dazu zwingt, von Grund auf und von Geburt an Solipsisten zu sein. Wir sind uns dessen nur sehr selten bewußt, das ist alles.«

»Die Raumfahrt bringt einen dazu«, stimmte Kirk ihm zu. »Besonders, wenn man so weit von zu Hause entfernt ist, wie wir es jetzt sind. Glücklicherweise erholt man sich weitgehend davon, um wenigstens dienstfähig zu bleiben.«

»Niemand erholt sich völlig davon«, sagte McCoy ernst. »Ich bin der Ansicht, daß die erste Erkenntnis dieser Situation einen der großen formativen Schocks der menschlichen Entwicklung darstellt, der vielleicht genauso wichtig ist wie das Geburtstrauma. Sag mal, Jim, gab es nicht irgendeinen Augenblick oder irgendeine Stunde in deiner Kindheit oder Pubertät, wo du mit Erstaunen festgestellt hast, daß du, der einzige Jim Kirk, Zentrum und Nabel des ganzen Universums warst? Und als du dann versucht hast, das Universum von einem anderen Standpunkt aus zu betrachten – dem deines Vaters, zum Beispiel –, hast du da nicht auch erkennen müssen, daß du auf ewig Gefangener deines eigenen Bewußtseins bleiben würdest?«

Kirk sann eine Weile nach. »Ja, da hast du völlig recht«, sagte er dann. »Und allein die Tatsache, daß ich mich ohne Schwierigkeit daran erinnern kann, scheint darauf hinzudeuten, daß diese Erkenntnis für mich von großer Bedeutung gewesen sein muß. Aber nach einer gewissen Zeit habe ich das ganze Problem anscheinend aus meinem Bewußtsein verdrängt. Ich vermochte nicht einzusehen, welche praktischen Konsequenzen es haben könnte, und außerdem konnte ich es sowieso nicht ändern. Aber du hast noch immer meine Frage nicht beantwortet: Was hat das alles eigentlich mit dem Transporter zu tun?«

»Überhaupt nichts«, sagte Scott.

»Ganz im Gegenteil«, widersprach McCoy heftig. »Wie immer der Vorgang sich abspielen mag, der *Effekt* des Transporters besteht doch darin, meinen Körper aufzulösen und ihn irgendwo anders wieder zusammenzusetzen. Wir alle wissen aus eigener Erfahrung, daß dieser Prozeß definitive, physikalische Zeit beansprucht – eine sehr kurze Zeitspanne zwar nur, aber doch durchaus meßbar. Du weißt ebenfalls aus eigener Erfahrung, daß während dieser winzigen Zeitspanne weder Körper noch Bewußtsein existent sind. – Soweit einverstanden?«

»In etwa«, nickte Kirk.

»Gut. Nun wird also am Bestimmungsort ein Körper materialisiert, der anscheinend dem Original völlig gleich ist, der lebt, ein Bewußtsein besitzt und auch alle Erinnerungen des Originals aufweist. Aber er *ist NICHT das Original!* Das ist zerstört worden.«

»Ich verstehe nicht, worauf Sie hinauswollen«, sagte Scott ungeduldig, »genausowenig wie ich die Bedeutung Ihrer solipsistischen Position begreife. Wie Mr. Spock es so treffend ausdrückt: Ein Unterschied, der keinen Unterschied *bewirkt,* ist auch kein Unterschied.«

»Für Sie vielleicht nicht«, sagte McCoy. »Weil für Sie der neue McCoy genauso aussieht und sich in jeder Weise auch genauso benimmt wie der alte. Aber für mich? Ich kann keinen so ausschließlich funktionellen Standpunkt zu dieser Angelegenheit einnehmen. Ich bin definitiv nicht derselbe Mensch, der vor zwanzig Jahren zum ersten Mal in den Transporter gestiegen ist. Ich bin die maschinelle Nachkonstruktion eines Toten. Und das schlimmste ist, daß nicht einmal ich selbst weiß, wie exakt diese Imitation meiner selbst eigentlich ist, weil – nun, weil ich mich natürlich niemals daran erinnern könnte, falls etwas fehlen oder anders sein sollte.«

»Eine Frage«, sagte Kirk. »*Fühlst* du irgendeinen Unterschied?«

»Aha«, sagte Scott befriedigt.

»Nein, Jim, ich fühle mich nicht anders als früher. Aber das ist ja auch gar nicht anders möglich. Ich *glaube* mich an meinen früheren Bewußtseinszustand erinnern zu können. Aber ich könnte mich ebensogut gewaltig irren. Ich bin eigentlich Psychologe, wie du weißt, obwohl du mich hauptsächlich als einen Mann kennst, der Injektionen und Tabletten verabreicht. Ich bin mir sehr wohl bewußt, daß es in meinem Gehirn große Teile gibt, die dem Bewußtsein unzugänglich sind – außer in speziellen Situationen; unter Streß und im Traum zum Beispiel. Wer weiß denn, ob dieser Teil des psychischen Unterbaus den Prozeß übersteht, ohne Schaden zu erleiden, ob er ebenfalls dupliziert worden ist oder nicht? Wie könnte ich selbst das jemals feststellen?«

»Sie könnten Spock danach fragen«, schlug Scott spöttisch vor.

»Vielen Dank! Das eine Mal, an dem ich mich mit ihm in Gedankenverschmelzung befunden habe, hat wahrscheinlich mein Leben gerettet – unser aller Leben, wie Sie sich erinnern werden –, aber es war keine sehr angenehme Erfahrung.«

»Sie sollten es trotzdem tun, wenn Ihnen wirklich an einer Beantwortung Ihrer Frage liegt. Er könnte doch mit diesen, dem Bewußtsein unzugänglichen Teilen Ihres Gehirns Verbindung herstellen und prüfen, ob sie nach ihrem nächsten Transporter-Trip noch da sind oder nicht.«

»Und sicher feststellen, daß du nach wie vor existierst«, sagte Kirk. »Ich kann mir nämlich nicht denken, daß der Transporter so besonders selektiv sein sollte. Warum sollte er nur Teile des Unbewußten löschen, das Bewußtsein aber völlig intakt lassen?«

»Und warum nicht? – Ich frage mich wirklich ernstlich, ob er es tut oder nicht. Diese Frage liegt ziemlich nah am Kernpunkt des Problems, das ich lösen möchte. Falls es wirklich *das* Kernproblem wäre, würde ich bereitwillig den Test unternehmen, den Scott eben angeregt hat, und euch alle bitten, es gleichfalls zu tun.«

»Ich«, sagte Kirk, »bin schon erheblich länger auf Raumschiffen als ihr, meine Herren. Und ich darf euch versichern, daß dies die ausgefallenste Unterhaltung ist, die ich jemals in einer Offiziersmesse erlebt habe. Aber bleiben wir jetzt bei diesem interessanten Thema, Pille: Was ist nun wirklich das Kernproblem?«

»Was kannst du denn von einem Psychologen erwarten?« sagte McCoy. »Das Kernproblem ist natürlich die menschliche Seele. Falls sie wirklich existieren sollte – und darüber weiß ich genausowenig Bescheid wie jeder andere. Als ich zum ersten Mal von dieser verdammten Maschine auseinandergenommen und wieder zusammengesetzt wurde, ist da auch meine Seele – falls sie existieren sollte – mit dem Körper gebeamt worden, oder bin ich nur noch ein denkender Automat?«

Scotty schüttelte den Kopf und lachte.

»Allein die Fähigkeit, diese Frage zu stellen«, sagte Kirk, »scheint sie ausreichend zu beantworten.«

»Hmmm. – Vielleicht hast du recht, Jim. Ich hoffe es jedenfalls. Denn wenn du nicht recht haben solltest, begehen wir jedes Mal, wenn wir einen Mann erstmals durch den Transporter schicken, einen Mord.«

»Das ist doch alles Unsinn«, sagte Scott hitzig. »Ihre Seele soll doch von Natur aus unsterblich sein. Wenn sie das ist – falls sie überhaupt existiert –, kann sie auch nicht zerstört werden.«

»Captain Kirk«, sagte eine Stimme aus dem Lautsprecher des Intercom.

Kirk erhob sich sichtlich erleichtert. Die Unterhaltung wurde allmählich doch etwas zu tiefschürfend für ihn. Aber die Erleichterung war nur von kurzer Dauer.

»Hier Kirk«, meldete er sich. »Ich bin in der Offiziersmesse.«

»Würden Sie bitte auf die Brücke kommen, Captain?« sagte Spock. »Wir benötigen eine Entscheidung des Kommandanten.«

McCoy und Scott blickten erschrocken auf. Eine Entscheidung des Kommandanten, hier, in einem völlig unerschlossenen Teil der Galaxis?

»Ich komme sofort«, sagte Kirk. »Was ist denn los?«

»Sir«, sagte der Erste Offizier, »die Klingonen haben wieder einmal zugeschlagen. Der Planet *Organia* scheint bereits gefallen oder vielleicht sogar zerstört worden zu sein, und wir sind von allen Verbindungen zur Föderation abgeschnitten.«

HINTER DEN LINIEN

Aus dem Logbuch des Captains, Sternzeit 4011.8:

Dieser Teil der Galaxis ist noch nie von menschlichen Wesen besucht worden, und auch nicht von einer uns bekannten humanoiden Rasse. Unser ursprünglicher Auftrag, die Markierung von Festpunkten zur Vermessung für Hyperraumflugkarten, und in zweiter Linie Bericht über alles, was der wissenschaftlichen Untersuchung wert sein könnte, scheint unausführbar geworden zu sein. Anscheinend können wir überhaupt keine Berichte mehr durchgeben. Wir erhalten keine Antwort.

Als Kirk die Brücke betrat, erhob sich Spock aus dem Kommandantensessel und trat schweigend an seinen Platz bei den Computern. Sulu saß am Ruder, Leutnant Uhura vor ihrer Kommunikationskonsole. Der Bildschirm zeigte nichts als eine Unmenge von Sternen. Die *Enterprise* kreiste auf einer weiten Umlaufbahn um einen von ihnen; und Kirk brauchte es jetzt nicht zu interessieren, um welchen. Es war alles beinahe beunruhigend normal.

»Nun, Mr. Spock«, sagte Kirk, als er sich setzte. »Ich bitte um Ihren Bericht.«

»Wir haben bisher kaum Einzelheiten, Captain«, meldete Spock. »Und das wenige, das wir wissen, ist allgemein bekannt. Deshalb habe ich mich bisher noch nicht mit dem Sternflotten-Oberkommando in Verbindung gesetzt. Seit mehr als einem Jahr hat es keine Zwischenfälle mit den Klingonen gegeben; aber jetzt hat es den Anschein, als ob sie einen großangelegten Angriff auf die Föderation begonnen hätten – ohne jede Kriegserklärung, natürlich. Die von Leutnant Uhura aufgefangenen Meldungen deuten darauf hin, daß die Streitkräfte der Föderation ihre Positionen behaupten können; aber ich denke, wir sollten uns besser nicht darauf verlassen. Öffentliche Erklärungen werden unter solchen Umständen vor allem zur Beruhigung der Bevölkerung abgefaßt, zum zweiten zur Irreführung des Gegners. Ihr Wahrheitsgehalt ist oft verschwindend gering.«

»Völlig richtig«, sagte Kirk. »Aber so ein Krieg sollte doch durch den *Organionischen Friedensvertrag* unmöglich gemacht worden sein. Das müßten gerade wir doch wissen. Schließlich waren wir beim Abschluß dieses Vertrags dabei, haben miterlebt, wie die Organier beide Gegner völlig immobilisierten und dadurch eine große Schlacht zwischen den beiden Raumschiff-Flotten verhinderten.«

»Das trifft natürlich zu, Captain. Aber die Organier haben dieses Mal anscheinend überhaupt nicht eingegriffen, und außerdem haben wir keinerlei Verbindung mit dem Planeten. Er scheint wie aus dem Universum verschwunden zu sein. Wir müssen leider damit rechnen, daß er zerstört worden ist.«

Sulu wandte den Kopf. »Aber wie ist das denn überhaupt möglich?« fragte er. »Die Organier sind doch immaterielle Wesen. Sie können also gar nicht zerstört werden. Und sie haben damals doch nicht nur eine Schlacht verhindert, sondern ganze Raumschiff-Flotten in allen Teilen der Galaxis immobilisiert.«

»Sie haben recht«, sagte Spock. »Die Organier sind Gedankenwesen, und die Manifestation, die wir damals auf dem Planeten sahen, war eine hypnotisch hervorgerufene Illusion. Aber wir haben keinerlei Grund zu der Annahme, daß der Planet selbst ebenfalls eine Illusion war. Und wenn er real ist, kann er natürlich zerstört werden. Welche Auswirkungen das auf die Organier haben würde, können wir nicht wissen. Sicher ist nur, daß sie sich in diesen Krieg nicht eingemischt haben und daß es anscheinend keinerlei Möglichkeit gibt, sich über ihr Schicksal Gewißheit zu verschaffen.«

»Dann wollen wir uns zunächst um *unsere* Probleme kümmern«, sagte Kirk. »Zwischen unserem Standort und dem Territorium der Föderation liegt das ganze Imperium Klingons. Andererseits haben die Klingonen keine Ahnung, daß wir hier sind. Daraus ließe sich vielleicht etwas Kapital schlagen. Leutnant Uhura, wie groß ist die Chance, uns mit dem Sternflotten-Oberkommando in Verbindung zu setzen, ohne dem Gegner unsere Position zu verraten?«

»Praktisch gleich Null, Captain«, sagte das Bantumädchen. »Selbst wenn wir unseren Ruf als Mikrosekunden-Funkspruch aussendeten, müßten wir ihn doch oft wiederholen und mit einer hohen Sendeleistung abgeben, wenn wir überhaupt hoffen wollen, daß er aufgefangen wird. Zwischen uns und unseren Basen liegt das ganze Shapley-Center, das Herz der Galaxis, und die Stern-Konzentration ist dort so stark, daß sie selbst im Hyperraum eine erhebliche Menge an Energie absorbiert. Damit unsere kurzen Piepser bei dieser Unmenge statischer Geräusche überhaupt gehört werden, müssen wir sie in regelmäßigen Abständen aussenden. Und dann würden die Klingonen sie ebenfalls bemerken und orten. Sie könnten zwar unseren Codespruch nicht entziffern, würden aber sehr rasch unsere Position feststellen.«

»Okay«, sagte Kirk. »Dann schicken Sie den Piepser eben in *unregelmäßigen* Abständen! Mr. Spock, stellen Sie für Leutnant Uhura eine Reihe willkürlich ausgewählter Zahlen zusammen, die sie als Zeittafel benutzen kann. Wahrscheinlich wird es zwecklos sein; aber wir sollten es zumindest versuchen. Inzwischen müssen wir von der Annahme ausgehen, daß wir völlig auf uns selbst gestellt sind und daß wir, falls wir der Föderation auf irgendeine Weise in ihrem Kampf helfen wollen, sehr rasch zu einem Entschluß kommen müssen. Ich denke, wir können die Möglichkeit, das gesamte Imperium der Klingonen zu umrunden, von vornherein ausscheiden.«

»Völlig richtig«, sagte Spock. »Bis wir den Weg um das ganze Territorium hinter uns haben, ist der Krieg vorbei.«

»Wir könnten natürlich versuchen, einfach durchzubrechen«, sagte Sulu. »Wir sind stark bewaffnet und haben den Vorteil des Überraschungsmoments. Und auf dieser Seite besitzt das Imperium kaum irgendwelche Verteidigungsanlagen. Denken Sie doch einmal, wie wir ihre Versorgungslager, ihre Nachrichtenverbindungen, die ganzen Nachschublinien zusammenschießen könnten. Die Schädigung des Gegners wäre weitaus größer als in jeder normalen Kampfsituation gegen feindliche Raumschiffe.«

»Und auch die Möglichkeit, in einen Hinterhalt zu geraten, wäre weitaus größer«, setzte Kirk hinzu.

»Aber erst nach einer ganzen Weile«, sagte Sulu. »Wir könnten die Taktik des raschen Zuschlagens und Verschwindens anwenden. Ich könnte einen Kurs festlegen – vielleicht wieder unter Verwendung einer willkürlich zusammengestellten Zahlenreihe –, den kein Computer entschlüsseln kann.«

»Man kann nicht einen willkürlich festgelegten Kurs einhalten und gleichzeitig wichtige Ziele angreifen«, sagte Kirk. »Und wenn der Kurs nicht völlig willkürlich festgelegt wird, kann er jederzeit nachberechnet werden. Und je mehr wir uns dem Territorium der Föderation nähern, desto näher kommen wir auch dem Kriegsschauplatz –, und zwar von der *falschen* Seite. Wir würden zusammengeschossen werden, bevor wir auf der anderen Seite sind.«

»Der Schaden, den wir dem Gegner zufügen«, sagte Spock, »könnte der Föderation diesen Preis wert sein. Mr. Sulus Vorschlag hat einige sehr beachtenswerte strategische Vorzüge aufzuweisen.«

»Ich werde mich nötigenfalls mit ihm befassen«, sagte Kirk. »Aber es ist erwiesenerweise ein Selbstmordunternehmen. Meine Verantwortung aber gilt nicht nur gegenüber der Föderation, sondern genauso gegenüber dem Schiff und seiner Besatzung. Ich werde ohne einen ausdrücklichen Befehl der Föderation weder die *Enterprise* noch ihre Mannschaft bei einem solchen Unternehmen aufs Spiel setzen. Wenn ich einen entsprechenden Befehl erhalten sollte, werde ich ihn natürlich befolgen. Ohne einen solchen Befehl bin ich aber gegen Sulus Plan. Ist jemand anderer Meinung?«

»Es gibt da eine Art Kompromißlösung, Captain«, sagte Spock. »Sie ist zwar auf einer sehr labilen Logik aufgebaut; scheint aber unter diesen Umständen die aussichtsreichste Möglichkeit zu sein.«

»Dann reden Sie.«

»Gut. Wir können als sicher annehmen, daß die Klingonen diesen Krieg überhaupt nicht begonnen haben würden, wenn sie nicht ziemlich sicher wären, der Föderation sowohl an Feuerkraft als auch an Feuerleistung überlegen zu sein. Nur ein Berserker würde unter anderen Voraussetzungen einen Krieg beginnen; und die Klingonen sind zwar eine extrem kriegerische Rasse, aber keine Berserker.

Punkt Eins: Wir können als sicher annehmen, daß die Klingonen neue Waffensysteme entwickelt haben und auch bei den bisher gebräuchlichen im Vorteil zu sein glauben. Aber wir wissen nicht, wie diese neuen Waffensysteme aussehen.

Punkt Zwei: Da die Organier so einen Krieg verboten haben und auch die Macht haben, ihn zu unterbinden, ist zu vermuten, daß die Klingonen ihn nicht begonnen hätten, wenn sie nicht schon vorher gewußt hätten, daß die Organier außer Gefecht gesetzt sind.

Punkt Zwei A: Dieses Wissen könnte vielleicht die wichtigste neue Waffe der Klingonen sein. Aber trotzdem...

Schlußfolgerung: Es ist mit einer Wahrscheinlichkeit von mindestens vierzig Prozent zu vermuten, daß die Klingonen eine neuartige Waffe in Anwendung gebracht haben, welche die Immobilisierung oder Zerstörung von Organia *zur Folge* gehabt hat.«

»Mein Gott«, sagte Sulu erschöpft. »Ich war der Meinung, Ihren Gedankengängen zu folgen, Mr. Spock; aber diese Wendung habe ich auf gar keinen Fall erwartet.«

»Wie kommen Sie auf Ihre Wahrscheinlichkeitsziffer?« fragte Uhura.

»Man könnte ein Argument dieser Art in Form von mehreren, einander überlappenden Kreisen aufzeichnen«, sagte Spock. »Wenn man die Teile der Kreise eliminiert, die außerhalb der gemeinsamen Flächen liegen...«

»Lassen wir das«, sagte Kirk. »Bisher haben Sie uns die vorher erwähnte Grundlage Ihrer Logik entwickelt. Haben Sie einen Vorschlag, was wir unternehmen sollten?«

»Natürlich.«

»Sehr gut. – Uhura, rufen Sie bitte Dr. McCoy und Mr. Scott auf die Brücke! Ich möchte, daß auch sie über alles informiert werden.«

Es kostete nicht viel Zeit, sie mit dem Stand der Dinge vertraut zu machen. Spock hatte, wie immer, die ganze Unterredung auf Tonband aufgezeichnet. Scott und McCoy hörten sich die Aufzeichnung aufmerksam an.

»Alles klar, Pille? – Scotty? – Noch irgendwelche Fragen? Nun, Mr. Spock, was also schlagen Sie vor?«

Der Erste Offizier sagte: »Warum suchen wir nicht Organia auf und sehen nach, was dort wirklich geschehen ist? Ein solches Vorgehen hätte nicht nur fast alle taktischen Vorteile von Mr. Sulus

Vorschlägen aufzuweisen, da es in der Etappe der Klingonen durch das Überraschungsmoment und durch die militärische Schwäche auf dieser Seite des Imperiums eine heillose Verwirrung stiften würde, sondern wir würden auch in eine vom Gegner unerwartete Richtung vorstoßen. Falls uns die Klingonen entdecken sollten, müßten sie logischerweise annehmen, daß wir alles daransetzen würden, um uns mit der Hauptmacht der Flotte zu vereinigen oder uns unter den Schutz der schweren Geschütze unserer Basen zu begeben. Sie würden wahrscheinlich niemals auf den Gedanken kommen, daß unser eigentliches Ziel der Planet Organia sein könnte.

Außerdem ist auch der *strategische* Wert kaum abzuschätzen: Falls es uns wirklich gelingen sollte herauszufinden, was auf Organia geschehen ist, *und etwas dagegen zu unternehmen,* so wäre der Krieg sofort beendet.«

»Falls das, was auf Organia geschehen ist, sich nicht als irreparabel herausstellen sollte«, setzte McCoy hinzu.

»Ich kann natürlich keine Garantie für den Erfolg übernehmen«, sagte Spock ruhig. »Ich führe nur Wahrscheinlichkeiten an.«

»Mir gefällt Ihr Vorschlag«, sagte Kirk langsam. »Das Risiko ist zwar ebenfalls enorm, aber doch nicht selbstmörderisch. Mr. Spock, ich brauche jetzt zwei Computerberechnungen: Erstens, Transitzeit von unserem derzeitigen Standort bis Organia bei Geschwindigkeit Sol Sechs. Zweitens, Transitzeit bis zum Territorium des Imperiums bei gleicher Geschwindigkeit.«

Spock wandte sich seinen Computern zu und sagte nach wenigen Sekunden: »Transitzeit bis in den Hoheitsraum Klingons zwei Monate, bis nach Organia weitere vier Monate. Natürlich besteht immer das Risiko, daß die Klingonen auch außerhalb ihres eigenen Hoheitsgebietes Patrouillenflüge unternehmen, aber auf dieser Seite des Imperiums ist die Wahrscheinlichkeit äußerst gering.«

Es hätte ungünstiger sein können, überlegte Kirk. Er stand also hier vor einer Entscheidung, die ihm sogar den Luxus des Überlegens gestattete. Lediglich eine Teilentscheidung wurde sofort von ihm verlangt. Was die Einzelheiten betraf, so hatte er anscheinend einen ganzen Monat Zeit, um sich alles genau zu überlegen und vielleicht sogar zu ändern.

Aber er sagte nur: »Mr. Sulu, legen Sie Kurs auf den Planeten Organia fest. Geschwindigkeit Sol Sechs. Leutnant Uhura, schalten Sie alle Sensoren auf maximale Reichweite. Beim geringsten Anzeichen für die Annäherung eines anderen Raumschiffs geben Sie Alarm. Und rufen Sie mich sofort, wenn irgendeine Nachricht vom Sternflotten-Kommando durchkommen sollte.«

»Jawohl, Captain«, sagte Uhura.

Aber es kam keine Nachricht vom Oberkommando, und das war nicht überraschend. Es war zwar normal, daß ein Raumschiff für lange Perioden keine Verbindung mit den Befehlsstellen der Föderation hatte; aber trotzdem lief beim Sternflotten-Kommando Tag für Tag eine Flut von Meldungen ein, und die Wahrscheinlichkeit, daß ein nicht erwarteter Funkspruch von nur einer Mikrosekunde Dauer aufgefangen werden würde, war natürlich äußerst gering. Kirk war also wieder einmal auf sich und die eigenen Entscheidungen angewiesen.

Er beobachtete, daß in der Computer-Sektion ungewohnte Geschäftigkeit herrschte. Scotty hatte anscheinend ein äußerst schwieriges Problem. Fast eine Woche lang saß er ständig mit Spock zusammen, stellte lange Reihen mathematischer Gleichungen zusammen, aus denen im Lauf der Zeit Skizzen und Berechnungen wurden. Kirk ließ die beiden Männer über ihren Formeln brüten. Er wußte, daß sie nicht nur herumspielten, sondern ernsthaft arbeiteten. Sie würden ihn rechtzeitig über den Sinn ihrer Arbeit informieren.

Am Ende der Woche bat Scott den Captain um eine Unterredung.

»Captain, Sie erinnern sich bestimmt noch an mein Gespräch mit McCoy über den Transporter und über seine vielen Einwände gegen das Gerät.«

»Sicher erinnere ich mich daran. Aber ich habe mir deshalb keine grauen Haare wachsen lassen.«

»Ich eigentlich auch nicht. Aber mich reizte die Sache als rein technisches Problem, und ich glaube, die Lösung, die ich jetzt gefunden habe, steht in einer gewissen Weise in Verbindung mit unserer derzeitigen Situation.«

»Das überrascht mich nicht«, sagte Kirk. »Erzählen Sie mir davon.«

»Wissen Sie, was Tachyonen sind?«

»Ich habe davon in der Schule gehört. Wenn ich mich richtig erinnere, sind es Partikel, die sich mit Überlichtgeschwindigkeit fortbewegen und für die man bisher keinerlei Verwendung finden konnte.«

»Das stimmt, ist aber nicht alles. Tachyonen *können* sich nicht langsamer als Lichtgeschwindigkeit fortbewegen, und wie groß ihre Höchstgeschwindigkeit ist, hat noch niemand errechnen können. Tachyonen kommen im sogenannten Hilbert-Raum vor, der vieldimensional ist; und für jedes Partikel im normalen Raum – sei es ein Proton, ein Elektron, ein Positron oder Neutron – gibt es ein äquivalentes Tachyon.«

»Das ist allerdings viel mehr, als mein Lehrer darüber wußte.«

»Die Wissenschaft hat in den letzten Jahren auch große Fortschritte auf diesem Gebiet gemacht. Auch ich habe mir von Mr. Spock Nachhilfeunterricht geben lassen müssen. Aber das nur nebenbei. Was halten Sie davon, wenn wir den Transporter so umkonstruieren, daß er nicht, wie bisher, den Menschen sozusagen auflöst und an seinem Bestimmungsort wiederaufbaut, sondern von ihm ein Duplikat aus Tachyonen herstellt? Damit wäre das moralische Problem McCoys doch gelöst, weil das *Original* völlig unberührt bleibt, während das Tachyonen-Duplikat, das im normalen Raum nicht existieren kann, an den Bestimmungsort geschickt und dort in normale Materie umgewandelt wird. Damit wäre jeder Mord – falls dieses Problem wirklich existieren sollte – von vornherein ausgeschaltet.«

»Hmmm. – Das scheint mir aber...«, sagte Kirk unbehaglich.

»Warten Sie, Captain. Ich bin noch nicht fertig. Durch diese Methode würden wir die Reichweite des Transporters nämlich wesentlich vergrößern. Ich kann Ihnen jetzt noch nicht sagen, um wieviel; aber unsere derzeitige Reichweite von sechzehntausend Meilen wäre im Vergleich dazu ein Katzensprung.

Und dazu die praktische Bedeutung! Wir könnten zum Beispiel *schon von hier aus* einen Mann nach Organia schicken. Wenn er zum Schiff zurückkehrt, lassen wir ihn so lange im Tachyonen-Zustand, bis er seinen Bericht abgegeben hat. Dann lösen wir das Feld auf und *bumm!* Das Duplikat verwandelt sich wieder in Tachyonen-Plasma im Hilbertschen Universum, und unser Original hat nicht einmal das Schiff verlassen!«

»Ich vermute, daß Sie inzwischen auch die technischen Probleme gelöst haben?«

»Natürlich«, sagte Scott zufrieden grinsend. »Und wir sind auch mächtig stolz darauf!« Wieder ernst werdend, fuhr er fort: »Wir wissen, daß es funktionieren wird. Der Umbau des Transporters dürfte in einer Woche zu schaffen sein, und bis dahin sind wir auch in Reichweite von Organia und brauchen nicht näher an Klingon heran.«

Kirk nickte und schaltete das Intercom ein. »Hier Kirk. – Mr. Spock, schalten Sie alle Anlagen auf Automatik. Ich erwarte alle leitenden Offiziere um sieben Uhr zu einer Besprechung.« Er schaltete das Gerät ab und sagte zu Scott: »Beginnen Sie sofort mit dem Umbau des Transporters. Aber achten Sie darauf, daß nichts so verändert wird, daß wir es nicht wieder rückgängig machen können.«

»Natürlich, Sir«, sagte Scott und stand auf.

»Noch eins, Scotty«, sagte Kirk. »An Ihrer Stelle würde ich Dr. McCoy nicht sagen, daß Sie mit technischen Mitteln sein moralisches Problem gelöst haben.«

»Nein?«

»Nein! Sehen Sie, Scotty, er würde dann bestimmt fragen, ob nicht auch das Tachyonen-Duplikat eine unsterbliche Seele besitzt; und ich glaube nicht, daß Sie ihm mit Ihren Formeln und Diagrammen darauf eine Antwort geben könnten.«

DIE TRANSPORTER-FALLE

Aus dem Logbuch des Captains, Sternzeit 4018.4:

Nach Mr. Scotts Versicherung, daß der umgebaute Transporter funktionstüchtig sei und den Benutzer keinerlei körperlichen Gefahren aussetze, wurde Mr. Spock dazu bestimmt, nach Organia gebeamt zu werden und dort Erkundigungen einzuziehen. Er war für diese Aufgabe am besten geeignet, da er während der ganzen Affäre, die zum Abschluß des Vertrages führte, auf dem Planeten war (vergl. Log-Eintragung von Sternzeit 3199.4) und Ayelborne, Claymare und Trefayne persönlich kennt – oder zumindest ihre humanoiden Manifestationen – und auch ihnen bekannt ist. Das einzige andere Besatzungsmitglied, das ähnliche Voraussetzungen für diese Mission aufzuweisen hat, bin ich selbst. Außerdem ist Mr. Spock wahrscheinlich der beste Beobachter von uns allen.

An Bord der *Enterprise* befanden sich mehrere Transporter; aber Scott hatte sich den Haupt-Transporter für die Erprobung seines neuen Systems ausgesucht, und zwar aus einem einfachen Grund: Der Haupt-Transporter hatte die stärkste Energieleistung. Von seinen zahlreichen Umbauten und Änderungen war nur eine einzige sichtbar: Die runde Plattform des Transporters war von einem Zylinder aus glänzendem Metall umgeben.

»Die Abschirmung ist leider notwendig«, erklärte Scott dem Captain und Spock. »Solange das Feld eingeschaltet ist, befindet sich der ganze Innenraum des Zylinders praktisch in einem anderen Universum – oder, besser gesagt, in einer Art Kontinuum, in dem eine transfinite Anzahl von Universen möglich ist –, und dieser Effekt muß unbedingt räumlich exakt abgegrenzt werden. Ich könnte dazu natürlich genausogut Maschendraht verwenden, damit wir die Vorgänge von außen verfolgen können; aber ich hatte diesen Stahlzylinder gerade zur Hand, und ich war in Eile – wie wir alle.«

»Völlig richtig, Scotty. Zierat können wir später anbringen. Falls die Anlage wirklich so funktionieren sollte, wie Sie behauptet haben, werden sich Ingenieure der ganzen Galaxis mit ihrer Verbesserung und Erweiterung befassen. Und wie geht es nun weiter?«

»Genau wie immer, Captain. Wir stellen die Koordinaten hier an der Bedienungskonsole ein und... Wie sind eigentlich die Koordinaten, Mr. Spock?«

»Elf Acht Siebzig D Y – Fünfundachtzig, Vierundsiebzig, Achtundsechzig K.«

Der leitende Offizier des Transporter-Raums blickte erstaunt auf. Anscheinend hatte man ihn noch nicht über die größere Reichweite des umgebauten Transportsystems unterrichtet. Er sagte jedoch nichts, sondern stellte die angegebenen Werte ein.

Scott fuhr fort: »Dann betritt Mr. Spock den Zylinder, wir schließen die Tür und schalten die Anlage ein. Er wird überhaupt nichts spüren, obwohl er sich mehrere Sekunden lang im n-dimensionalen Raum befindet. Er kann ja nur vier Dimensionen erkennen, wie wir alle. Aber im Unterschied zu früher wird er nicht verschwinden, sondern wenige Sekunden später einfach wieder heraustreten. Inzwischen ist sein Tachyonen-Duplikat bereits auf dem Weg nach Organia und wird einen Tag nach der Materialisierung auf dem Planeten automatisch an Bord zurückkehren. Falls die Zeitspanne nicht ausreichen sollte, schicken wir es einfach noch einmal nach Organia. Wenn das Duplikat hier wieder eintrifft, stellen wir im Zylinder wieder Hilbert-Raum her und halten ihn so lange aufrecht, bis das Duplikat seinen Bericht erstattet hat.«

»Danke, Mr. Scott. – Sind Sie bereit, Mr. Spock?«

»Ja, Captain.«

»Dann ab in den Zylinder«, sagte Scott.

Spock betrat den Zylinder, und die Tür wurde geschlossen. Der leitende Offizier schaltete die Anlage ein. Wie Scott vorausgesagt hatte, war von dem Vorgang nichts zu bemerken, und er schien sich auch nicht geändert zu haben. Genau wie früher ertönte das bekannte Summen. Kirk versuchte sich vorzustellen, wie ein n-dimensionaler Raum aussehen könnte, und war keineswegs überrascht, daß es ihm nicht gelang.

»Das ist alles«, sagte Scott nach wenigen Sekunden. »Er kann jetzt wieder herauskommen.«

Aber Spock trat nicht heraus.

Kirk sagte: »Wir haben kein Signal mit ihm verabredet. Ich vermute, wir können jetzt die Tür ohne Gefahr öffnen?«

»Ja, Captain.«

Kirk trat an den Zylinder und schob die Tür zur Seite. »Mr. Spock...«

Er brach ab. Spock war nach wie vor in dem Zylinder. Es war sogar zuviel von Spock vorhanden; hundert Prozent zuviel, genauer gesagt.

Im Zylinder befanden sich zwei Spocks.

Die beiden Spocks musterten einander ebenso erstaunt wie mißtrauisch. Und Kirks Gesichtsausdruck war kaum weniger verdattert.

»Welcher von Ihnen«, stotterte er schließlich, »ist der wirkliche Spock?«

»Ich, Captain«, antworteten beide wie aus einem Mund.

»Das habe ich befürchtet«, sagte Kirk seufzend. »Wir wollen eins von Anfang an klarstellen: Ich werde *Sie«*, er deutete zu dem rechts von ihm stehenden Mann, »von nun als Spock I ansprechen, und *Sie«*, er deutete nach links, »als Spock II. Damit entziehe ich mich der sofortigen Entscheidung, wen von euch beiden ich für den wirklichen Spock zu halten habe. – Scotty, mit einem solchen Zwischenfall haben Sie offensichtlich nicht gerechnet, oder?«

Scott brachte endlich den Mund wieder zu und sagte entsetzt: »Nein, wirklich nicht. Schade, daß wir nicht in den Zylinder blikken konnten. Dann wüßten wir jetzt, welcher der richtige Spock ist.«

»Aber auch der andere kann auf keinen Fall ein Tachyonen-

Duplikat sein.«

»Ja, das stimmt«, sagte Scott verzweifelt, und schüttelte unglücklich den Kopf.

»Dann bleibt uns nichts weiter übrig, als jetzt festzustellen, wie es zu dieser Panne kommen konnte, und vielleicht eine Möglichkeit zu finden, das Original vom Duplikat zu unterscheiden. Mit *zwei* Spocks an Bord sollte es eigentlich kein logisches Problem geben, das wir nicht lösen können.«

»Es sei denn«, sagte Spock I, »daß wir beide völlig identisch denken würden. In dem Fall wäre das Duplikat überflüssig.«

»Offensichtlich ist das aber nicht der Fall«, sagte Kirk. »Denn sonst hätten Sie beide diesen Kommentar im selben Moment und im selben Wortlaut abgegeben.«

»Das ist zwar wahr, aber nicht relevant«, sagte Spock II. »Selbst wenn wir im Augenblick der Entstehung des Duplikats völlig gleich gedacht haben sollten, sind unsere Erfahrungen von diesem Zeitpunkt an doch schon etwas divergierend – das beginnt schon mit dem Unterschied der Raum-Zeit-Positionen, die wir einnehmen. Das allein bewirkt bereits eine Divergenz der Wahrnehmung und des Denkens, die sich im Lauf der Zeit zwangsläufig ständig erweitern wird.«

»Dieser Unterschied«, sagte Spock I, »wird aber bis auf weiteres unerheblich bleiben.«

»Wir sind anscheinend schon jetzt verschiedener Meinung«, sagte Spock II kühl. »Und das ist meiner Ansicht nach ein nicht gerade unerheblicher Unterschied zwischen uns beiden.«

»Das reicht«, sagte Kirk entsetzt. »Sie reagieren beide tatsächlich wie der richtige Spock, und auch im Aussehen kann ich keinerlei Unterschiede feststellen. Ich fürchte, Sie werden auch doppelt soviel Verwirrung stiften wie der alte Spock bei seinen wildesten logistischen Abenteuern allein. Spock I, Sie gehen jetzt in Ihre Kabine und warten dort, bis ich Sie rufe! Spock II, Sie kommen mit mir in meine Kabine!«

Sie sprachen kein Wort, bis sie Kirks Arbeitszimmer betreten und die Tür hinter sich geschlossen hatten. Kirk gab seinem zum heiklen Problem gewordenen Ersten Offizier einen Wink, sich auf einen Stuhl zu setzen.

»Jetzt möchte ich vor allen Dingen wissen«, sagte Kirk, »ob Sie überhaupt, wenn auch nur für den Bruchteil einer Sekunde, auf Organia gewesen sind und was Sie dort beobachtet haben.«

»Nein, Captain. Es ist überhaupt nichts geschehen, außer daß sich plötzlich dieser zweite Spock mit mir in dem Zylinder befand.«

»Schade. Nicht nur, weil wir diese Informationen über Organia wirklich dringend brauchen, sondern auch, weil es vielleicht eine Möglichkeit gewesen wäre, Sie beide voneinander zu unterscheiden. Sie behaupten zweifellos immer noch, der wirkliche Spock zu sein, nicht wahr?«

»Selbstverständlich«, sagte Spock II in dem Tonfall, den er immer an sich hatte, wenn er von Dingen sprach, an denen es nicht den geringsten Zweifel gab.

»Sie erkennen dann sicher auch die Schwierigkeit meiner Situation«, sagte Kirk. »Ich könnte mich vielleicht daran gewöhnen, zwei Spocks an Bord zu haben – und es eventuell sogar als ganz angenehm empfinden –, aber es kann natürlich auf diesem Schiff nicht zwei Erste Offiziere geben. Die Frage ist nun: Wen von Ihnen beiden soll ich ablösen lassen, auf welchen Posten soll ich ihn stellen?«

Spock II hob eine seiner Augenbrauen und sagte: »Darf ich Sie darauf hinweisen, Captain, daß die Situation einen noch weitaus ernsteren Aspekt hat? Sie könnten sich vielleicht daran gewöhnen, mit zwei Spocks zu leben; für mich aber wäre die Situation unerträglich. Vielleicht sollten Sie sich zum besseren Verständnis meiner Lage einmal vorstellen, daß es einen zweiten James Kirk an Bord dieses Schiffes gäbe.«

»Hmmm. – Ja, das wäre wirklich äußerst unangenehm. Sie müssen entschuldigen, Mr. Spock. Ich hatte einfach noch nicht die Zeit, mich mit diesem Aspekt zu befassen.«

»Das verstehe ich. Aber meine persönliche Schwierigkeit ist bei weitem nicht das Schlimmste. Zwei Spocks wären eine ernsthafte Gefahr für das Schiff. Ich spreche jetzt nicht von der Verwirrung, die damit gestiftet würde – obgleich auch sie schon schlimm genug wäre –, sondern von den Auswirkungen auf die Leistungsfähigkeit des Ersten Offiziers. Wenn Sie es befehlen, werde ich mich mit der Situation abfinden und meinen Mann auf jedem anderen Posten stehen, auf den Sie mich stellen – und sei es als Nachrichtenmaat. Aber derjenige von uns beiden, der Erster Offizier bleibt, würde unter ständigem persönlichem Streß stehen, gegen den weder er noch jemand anderes etwas tun könnte. Nehmen wir einmal an, ihm käme der Verdacht, der degradierte Spock hätte es darauf angelegt, ihn von seinem Posten zu verdrängen. Oder stellen Sie sich vor, was Sie tun würden, wenn der degradierte Spock plötzlich behaupten würde, *er* wäre von Ihnen als Erster Offizier eingesetzt worden und der andere hätte die ihm zustehende Position usurpiert?«

Kirk nickte nachdenklich und seufzte: »Sie haben recht. Das würde wirklich auf alle demoralisierend wirken, besonders auf mich, und selbst unter Friedensbedingungen. Sie haben völlig recht. Das Risiko können wir nicht auf uns nehmen. Aber was sollen wir sonst tun?«

»Es gibt nur eine Möglichkeit, Captain: Sie müsen einen von uns töten.«

Kirk starrte ihn einige Sekunden lang entgeistert an, dann fragte er: »Selbst wenn Sie derjenige sind, der sterben muß?«

»Auch dann«, sagte Spock ruhig.

Sie schwiegen eine lange Zeit, und Kirk überlegte die emotionellen Konsequenzen, die ein solcher Schritt für ihn haben mußte. Es war keine sehr schöne Vorstellung. Aber wo war die Alternative? Es schien keine zu geben.

»Ich werde es vielleicht wirklich tun«, sagte Kirk schließlich. »Aber erst, wenn wir eine absolut sichere Methode gefunden haben, mit der wir ermitteln können, welcher von Ihnen der richtige Spock ist. Jetzt gehen Sie bitte auf die Brücke, bleiben Sie genau zehn Minuten dort und gehen Sie dann in Ihre Kabine.«

Spock II nickte wortlos und verließ den Raum. Sobald sich die Tür hinter ihm geschlossen hatte, schaltete Kirk das Intercom ein und stellte Verbindung mit Spocks Kabine her. »Hier Kirk. Ich rufe Mr. Spock I.«

»Hier Captain.«

»Bitte kommen Sie sofort in mein Arbeitszimmer.«

Als Spock I eintrat, erkannte Kirk, wie schwierig das Identitätsproblem wirklich war. Wenn Spock II vorhin einfach den Korridor entlanggegangen und jetzt, nach einer angemessenen Frist, zurückgekommen und sich als Spock I gemeldet hätte, wäre es Kirk unmöglich gewesen, seine wirkliche Identität festzustellen. Und dabei fiel ihm ein...

»Setzen Sie sich, Mr. Spock.« Er schaltete das Intercom ein. »Kirk an Brücke.«

»Hier Leutnant Uhura.«

»Ist Mr. Spock bei Ihnen?«

Spock I runzelte die Stirn, sagte aber nichts.

»Nein, Captain, er hat ja jetzt keine Wache. Er war allerdings etwa fünf Minuten lang hier und ist eben gegangen. Vielleicht versuchen Sie, ihn in seiner Kabine zu erreichen. Soll ich ihn suchen lassen?«

»Nein, danke, Leutnant. Es ist nicht so wichtig. Kirk Ende.«

Eine kleine Krise abgewendet – oder? Er hatte Spock II befohlen, zehn Minuten auf der Brücke zu bleiben; aber er hatte sie bereits nach fünf Minuten wieder verlassen. Aber vielleicht hatte Uhura sich auch geirrt. Menschen, die beschäftigt sind, merken nur selten, wie lange jemand anwesend ist, wann jemand gekommen ist, wann er wieder geht. Also erledigt. Aber es würden noch Hunderte solcher Situationen eintreten. Uhura wußte zum Beispiel noch nicht einmal, daß es jetzt zwei Spocks an Bord gab. Und auch die übrige Besatzung hatte keine Ahnung davon.

»Mr. Spock«, sagte er, »ich möchte, daß Sie ab sofort ein Erkennungszeichen tragen. Achten Sie darauf, daß es unverwechselbar ist.«

»Dann sollten Sie es mir lieber vorschreiben, Captain. Alles, was ich mir ausdenken könnte, fällt vielleicht auch meinem Duplikat ein. Und vielleicht sollte das Erkennungszeichen auch möglichst unauffällig sein; zumindest vorläufig.«

Das war völlig richtig. Spock I wollte die über vierhundert Besatzungsmitglieder nicht eher durch das Vorhandensein von zwei

Ersten Offizieren in Verwirrung bringen, bis es nicht länger zu vermeiden war. Und das war auch Kirks Absicht, obgleich er sich völlig darüber im klaren war, daß eine solche Verschleierung des Problems seine Auswirkungen vielleicht noch verschlimmern konnte.

Kirk zog seinen Ring mit dem Wappen der Kommando-Akademie vom Finger und reichte ihn Spock I. »Stecken Sie meinen Ring an und geben Sie mir den Ihren dafür. Ihr – Doppelgänger besitzt zwar auch einen Ring der Akademie; aber bei näherer Betrachtung kann man ihn nicht mit meinem verwechseln. Und ich bin sicher, daß sich sonst kein Ring der Akademie an Bord befindet.«

»Nein, Captain. Kein anderer Offizier hat die Kommando-Akademie besucht.«

»Ich werde das sicherheitshalber noch einmal nachprüfen. Und noch etwas: Ich möchte nicht, daß Sie diesen Tausch der Ringe als ein Zeichen der Präferenz ansehen. Diese Angelegenheit ist nach wie vor zu regeln.«

»Ich verstehe, Captain. Ihr Ring soll lediglich eine Art Markierung sein. Eine völlig logische Vorsichtsmaßnahme.«

Kirk seufzte. Sie waren *beide* typische Spocks, bis zu ihren charakteristischen Redewendungen und Gesten.

»Gut. Und jetzt zur Sache. Ich habe mich mit Spock II unterhalten und habe auch einige Fortschritte erzielen können; allerdings in einer Richtung, die mir sehr unangenehm ist. Es würde mich nicht wundern, wenn Sie zu den gleichen Ergebnissen kämen wie er; aber andererseits waren Sie schon vorhin völlig verschiedener Meinung, also möchte ich Ihnen unsere Unterredung kurz wiedergeben. Wir haben erkennen müssen…«

Spock I hörte den Bericht des Kommandanten reglos und mit ausdruckslosem Gesicht an. Aber als er um seine Stellungnahme gebeten wurde, bekam Kirk den nächsten der vielen Schocks, die dieser Tag noch für ihn bereithielt.

»Darf ich feststellen, Captain«, sagte Spock I, »daß es völlig unlogisch ist, wenn Sie mir zumuten, diese Ausführungen ernst zu nehmen. Vor allem möchte ich feststellen, daß wir schließlich Freunde sind. Sie werden zugeben, daß ich diesen Umstand noch nie absichtlich ausgenutzt habe, aber es ist und bleibt nun einmal Tatsache. Wenn Sie sich wirklich dazu bereitfinden sollten, einen der beiden Spocks zu töten, müßte ich leider zugeben, Sie völlig falsch eingeschätzt zu haben.«

Auch Kirk hörte reglos und mit ausdruckslosem Gesicht zu. Aber wenn er eine Katze gewesen wäre, hätte er jetzt die Ohren aufmerksam aufgestellt und nach vorne gerichtet. Das kurze Zögern in Spocks I Rede war zwar kaum bemerkbar, aber völlig neu und ungewohnt; auf Kirk wirkte es, als ob sein Erster Offizier vor Wut und Empörung stotterte.

Kirk sagte leise: »Sie haben schon einmal versucht, mich zu töten. Ein paar Stunden lang waren Sie sogar überzeugt, daß Sie es wirklich getan hätten.«

Es war grausam, diesen Zwischenfall auf Vulkan zu erwähnen. Aber es war nicht der richtige Augenblick für Rücksichtnahme und Höflichkeit.

»Ich erinnere mich, Jim, und ich bin wahrhaftig nicht stolz darauf, das können Sie mir glauben. Aber Sie wissen sicher auch, daß ich mich zu der Zeit in einer Art Amokzustand befand. Wünschen Sie mich in diesen irrationalen Geisteszustand zurück? Oder haben Sie selbst Sehnsucht nach so einer Erfahrung?«

»Natürlich nicht. Ganz im Gegenteil. Ich wünsche, daß Sie Ihre fünf Sinne beisammenhalten und Ihr bewundernswert logisches Denken auf alle jetzt auf uns zukommenden Probleme anwenden.«

»Die werden wir auch nötig haben, Captain, fürchte ich. Lassen Sie mich damit anfangen, daß ich den Vorschlag meines Doppelgängers ablehne. Er hat zwar recht mit der Feststellung, daß unsere Anwesenheit auf diesem Schiff für uns beide überaus belastend ist; aber wir werden nicht von den gleichen Umständen und zur gleichen Zeit belastet. Also könnten Sie uns beide dazu benutzen, unsere Meinungen zu jedem auftauchenden Problem zu äußern und sie miteinander zu vergleichen.« Das leichte Zögern in Spocks Rede war wieder völlig verschwunden, und Kirk fragte sich, ob es vorhin nicht vielleicht doch nur eine Einbildung gewesen war. »Außerdem, Captain, ist die ganze Identitätsfrage – operativ gesehen – bedeutungslos. Ich versichere Ihnen, ich weiß genau, daß ich der wirkliche Spock bin. Und dieses Wissen wäre nicht einmal falsch, selbst wenn ich doch das Duplikat sein sollte.«

»Das müssen Sie mir schon etwas näher erklären«, sagte Kirk. Doch die Schwierigkeit dieser Feststellung war in sich schon beruhigend typisch Spock – selbst wenn die Beruhigung trügerisch war, wie Kirk aus Erfahrung wußte.

»Falls ich das Duplikat sein sollte«, sagte Spock I, »so besitze ich einen vollständigen Satz von Erinnerungen, die zusammen mit meinem Körper dupliziert worden sind. Soweit ich es beurteilen kann, sind alle diese Erinnerungen auf wirkliche Erlebnisse und Erfahrungen zurückzuführen, und es gibt weder in ihnen einen Bruch noch in meinen Anschauungen und Fähigkeiten. Deshalb ist jeder von uns beiden das Original, und es besteht keinerlei Grund, einen dem anderen vorzuziehen. Ein Unterschied, der keinen Unterschied *bewirkt*, ist kein Unterschied.«

»McCoys Paradoxon«, sagte Kirk.

»Ist es eins der klassischen Paradoxa? Ich kenne mich da nicht so aus. Ich habe Korzybski zitiert.«

»Nein, das kann nicht stimmen. Pille hat es erst vor zwei Wochen erfunden. Aber plötzlich scheint es Realität geworden zu sein.« Kirk schwieg. Er war selbst kein Experte in Fragen der Logik, und nun stand er zwei Experten gegenüber, die bei der Konfrontation mit einem lebenswichtigen Problem zwei völlig verschiedene Ansichten hatten, die jedoch beide logisch anscheinend gleichwertig waren.

»Mr. Spock«, sagte Kirk, »ich werde Sie sofort benachrichtigen, wenn ich zu einem Entschluß gekommen bin. Aber dieses Problem ist zu wichtig, um einfach aus der Hüfte zu schießen. Vorläufig möchte ich, daß Sie und Ihr Doppelgänger sich die Brückenwache teilen. Auf diese Weise bleiben Sie beide im Dienst, ich brauche nicht zu entscheiden, wer von Ihnen degradiert werden soll, und Sie können auch Ihre Kabine abwechselnd benutzen.«

»Eine ideale Zwischenlösung«, sagte Spock I und stand auf.

Für Sie vielleicht, dachte Kirk, als er ihm nachblickte.

Aber Ihr – Doppelgänger – will Sie töten!

Er seufzte und schaltete das Intercom ein. »Pille? Hier Kirk. Bereite mir ein paar Kopfschmerztabletten vor. Ich komme gleich zu Besuch zu dir.«

EIN DETEKTIVPROBLEM

Aus dem Logbuch des Captains, Sternzeit 4019.2:

Ich habe den leitenden Offizieren die Situation geschildert und sie um ihre Stellungnahmen gebeten. Die anderen Dienstgrade habe ich noch nicht informiert, um ihre Moral nicht zu erschüttern. Da sie die Brücke nur sehr selten betreten, brauche ich ihnen das eigenartige Schauspiel der ständigen Brückenwache Mr. Spocks nicht zu erklären.

Zwei Ausnahmen waren jedoch nötig. Eine davon war Janice Rand, weiblicher Bootsmaat. Janice war gleichzeitig Kirks Sekretärin, Kammerdiener und Ordonnanz und deshalb in alle Vorgänge an Bord eingeweiht. Kirk mußte sie informieren, und es war zudem auch bedeutend einfacher, ihr offen zu sagen, was los war, als daraus ein Geheimnis zu machen. Die andere war Christine Chapel, McCoys Oberschwester. Sie war nicht nur seine medizinisch-technische Assistentin, sondern war auch in der Forschung bewandert und würde so an all den Versuchen beteiligt sein, die McCoy vielleicht durchführen würde, um die Identität des wirklichen Spock feststellen zu können.

Beide Frauen waren hochqualifizierte Spezialisten und standen mit ihren ranggleichen männlichen Kameraden auf einer Stufe. Man erwartete von ihnen auch die gleiche Leistung wie von ihren männlichen Kameraden. Beide Frauen zeigten erwartungsvolle Spannung, als Kirk ihnen berichtete, daß es jetzt zwei Spocks an Bord des Sternenschiffs *Enterprise* gäbe.

Bootsmaat Rand schien das keineswegs überraschend zu finden.

Sie zeigte allen Männern gegenüber ein freimütiges Interesse, schon um zu vermeiden, daß sie und der Captain durch ihr ständiges Zusammensein eine zu starke gefühlsmäßige Bindung eingingen. Aber bei Oberschwester Chapel fand Kirk diese Haltung etwas überraschend. Sie war für den etwas einsiedlerischen McCoy eine Art professionelle Vertraute; und die Tatsache, daß auch sie das Opfer einer zerbrochenen Ehe war, wirkte als Sicherung dagegen, daß ihre Beziehungen vom Beruflichen auf Privates übergriffen. Und auch ihre Zufriedenheit im Dienst der Sternflotte war sicher auf die gescheiterte Ehe zurückzuführen.

Was aber war der Grund für die eigenartige Anziehungskraft, die Spock auf Frauen aller Altersgruppen und Intelligenzstufen auszuüben schien? Kirk wußte die Antwort nicht, aber er hatte zwei Theorien darüber aufgestellt: Die erste war eine einfache Herausforderungs- und Reaktions-Situation: Anderen Frauen gegenüber mag er vielleicht gleichgültig sein. Aber wenn *ich* es darauf anlegen würde, kann er einfach nicht widerstehen! – Die zweite, etwas komplexere Theorie schien Kirk vor allem in depressiver Stimmung die plausiblere zu sein: Vielleicht sahen die meisten weißhäutigen Frauen auf Grund des Jahrhunderte zurückliegenden Rassenvorurteils ihrer Vorfahren in dem vulkanischen Halbblut – der immerhin nicht von »irdischen« Farbigen abstammt – so etwas wie einen »sicheren« Weg, um sich über die immer noch spurenhaft vorhandenen Vorurteile hinwegzusetzen und vielleicht gleichzeitig auch die sexuelle Neugier zu befriedigen, die sie wahrscheinlich von Anfang an gespürt hatten.

McCoy, dem er die beiden Hypothesen einmal vorgetragen hatte, meinte dazu: »Ihr Salonpsychologen seid doch alle gleich. Immer sucht ihr nach Komplexitäten und dunklen, verborgenen Motiven, wo wahrscheinlich gar keine existieren. Die meisten Menschen sind viel simpler motiviert, Jim. Unser Mr. Spock ist – das muß ich leider so sagen, und es ist kaum treffender auszudrükken – ein überragendes Exemplar des männlichen Tiers: mutig, intelligent, vorsichtig, treu, in einer hohen gesellschaftlichen Stellung. Er hat einfach alles, was einen Mann für eine Frau anziehend macht. Welche vernünftige Frau wollte einen solchen Mann *nicht* haben? Aber die Frauen sind auch überaus praktische Kreaturen und stehen den Männern sehr skeptisch gegenüber. Sie spüren, daß Spock kein vollwertiger Mann ist. Seine Unfähigkeit, irgendwelche Emotionen zu zeigen, macht ihn gewissermaßen zum Krüppel, und sie fühlen sich aufgefordert, ihm zu helfen. Sie haben ja keine Ahnung, was für eine Aufgabe sie damit übernehmen würden.«

»Hm. Also ist es auch eine Art Mutterinstinkt?«

McCoy winkte ungeduldig ab. »Versuchst du schon wieder, über Dinge zu urteilen, von denen du nichts verstehst? Ich wünschte wirklich, du würdest die Psychologie mir überlassen. Dafür werde ich schließlich bezahlt. Hör zu, Jim, wenn du wirklich an diesem Problem interessiert bist, dann beobachte doch *einmal* die Frauen richtig. Du wirst feststellen, daß Bemuttern das letzte ist, was sie bei Spock wollen. Nein, sie wollen versuchen, ihn zu dem Supermann zu machen, als den sie ihn sehen, und sich selbst für diesen Mann qualifizieren. Und, wie ich schon sagte, sie haben keine Ahnung, auf was sie sich da einlassen.«

»Du meinst damit seine vulkanische Erziehung und Zivilisation?«

»Ja, unter anderem. Weißt du eigentlich, daß ich Spock jetzt jeden Tag nach Krebssymptomen untersuchen würde, wenn er nicht Halbvulkanier wäre?«

»Ich dachte, der Krebs ist seit hundert Jahren völlig besiegt.«

»Nicht ganz. Einige Formen sind nach wie vor existent. Und Menschen, die hundertprozentig terranischer Abstammung sind und ihre inneren Spannungen nicht abbauen können, sind in ihren mittleren Jahren äußerst anfällig dafür. Den Grund dafür kennt niemand.«

Die Unterhaltung wandte sich anderen Themen zu, und wie immer blieben die meisten von Kirks Fragen unbeantwortet. McCoy sah jetzt auch kaum eine Chance, geeignete psychologische Tests zu entwickeln, mit deren Hilfe man die Identität des wirklichen Spock und seines Duplikats feststellen konnte.

»Ich weiß nicht, wie die Duplikation vor sich gegangen ist, also kann ich auch nicht wissen, wo ich überhaupt ansetzen soll. Außerdem bin ich in der Biochemie der Vulkanier nicht ausgebildet worden. Ich habe zwar etwas darüber nachgelesen, seit Spock an Bord ist; aber die meisten meiner Kenntnisse stammen aus der praktischen Erfahrung mit ihm; und er ist ein Halbblut, ein Hybride, und deshalb atypisch für jede der beiden Rassen. Mir wird schon noch etwas einfallen, Jim; aber verdammt noch mal, dies ist ein *physisches* Problem; ich brauche alle Einzelheiten über den Zwischenfall, damit ich weiß, wo ich überhaupt anfangen soll.«

»Genau das habe ich befürchtet«, sagte Kirk.

»Aber das ist noch längst nicht alles.«

»Wie bitte?«

»Wir haben hier auch ein schwieriges psychologisches Problem: das Problem der eineiigen Zwillinge. Selbst unter normalen biologischen Umständen ist die Situation eineiiger Zwillinge eine verdammt harte Nuß. Immer gibt es Identitätsprobleme. Die Mütter glauben zu allem Überfluß auch noch, daß es besonders niedlich sei, Zwillinge völlig gleich zu kleiden, Lehrer bringen die Zensuren durcheinander, Freunde können sie nicht auseinanderhalten oder halten es für witzig, so zu tun, als wenn sie es nicht könnten. Alles zusammen löst gewöhnlich in der Pubertät, wenn das Wer-bin-ich-Problem für jeden Menschen akut wird, eine schwere Krise aus, die für eineiige Zwillinge eine wahre Hölle sein kann. Wenn sie die überstehen, ohne Neurotiker oder noch Schlimmeres zu werden, entwickeln sie sich von da an meistens normal weiter.

Aber Spock hat so eine Krise nicht durchmachen müssen, und außerdem hat er fast sein ganzes Leben in emotioneller Askese und Isolation gelebt. Und zwar aus freien Stücken. Jetzt, plötzlich, findet er sich als erwachsener Mensch in der Situation eines eineiigen Zwillings, und das ist eine Situation, an die er sich nicht allmählich gewöhnen kann wie ein natürlicher Zwilling. Die Belastung ist plötzlich und unerwartet gekommen und für ihn sicher fast unerträglich.«

Kirk nickte. »Hilf ihm, so gut du kannst, Pille. Und ich werde mich bemühen, seine Situation immer zu berücksichtigen. Ich fürchte nur, daß er bei der Lösung dieses Problems allein auf sich gestellt sein wird. Und wir sollten nie vergessen, daß er sein ganzes Leben lang darauf trainiert worden ist, alle Gefühlsregungen zu beherrschen.«

»Nicht zu beherrschen, sondern zu unterdrücken«, berichtigte ihn McCoy. »Das ist ein ganz erheblicher Unterschied. Aber natürlich muß er selbst zu einer Lösung des Problems kommen. Eins scheinen medizinische Laien niemals zu begreifen: Kein Arzt hat jemals einen seelisch gestörten Patienten geheilt. Er kann ihm lediglich den Weg zeigen, sich selbst zu helfen.

Und, Jim, unterschätze die Schwierigkeiten nicht. Ich bin der Meinung, daß es zu einer schweren emotionellen Krise kommen wird, und zwar schon sehr bald. Ich habe schon bemerkt, daß einer der beiden kaum mehr was ißt. Das kann ihm zwar nichts schaden – Vulkanier können unglaublich lange Zeit fasten –, aber Appetitmangel ist fast immer das erste Zeichen von seelischen Schwierigkeiten.«

»Danke«, sagte Kirk grimmig. »Ich werde aufpassen. Und jetzt will ich mich erkundigen, ob Scott schon etwas eingefallen ist, was den physikalischen Aspekt des Problems betrifft.«

Er verließ das Bordlazarett und ging in den Maschinenraum.

»Scotty, es tut mir leid, daß ich Ihnen ständig auf der Pelle liegen muß, aber Pille hat mir eben gesagt, ihm fällt kein Test ein, mit dem er die Identität des wirklichen Spock feststellen kann, solange er nicht irgendeinen Anhaltspunkt dafür hat, wie es zu der Duplizierung kommen konnte. Haben Sie schon etwas feststellen können?«

Scott schüttelte betrübt den Kopf. »Überhaupt nichts, Captain. Ich verstehe nicht einmal, wie es überhaupt passieren konnte.«

Unter Scotts Augen waren dunkle Schatten, und Kirk wußte, daß der arme Kerl seit dem mißglückten Transporterversuch keine Minute geschlafen hatte. Kirk drängte ihn nicht weiter. Er wußte, daß Scott auch so sein Bestes tat.

Und dann wurden alle Überlegungen sekundär, weil die Alarmsirenen aufheulten.

Kirks Vermutung, daß Uhuras Sensoren ein Objekt aufgefaßt hätten, das möglicherweise ein anderes Raumschiff sein konnte, stellte sich als richtig heraus. Aber sobald er auf die Brücke kam, erkannte er, daß es nur ein Teil der Ursache war. Zunächst stellte er an Hand der automatischen Logbucheintragungen fest, daß die *Enterprise* einen Sekundenbruchteil vor dem Alarm aus der Sol-Flugphase ausgetreten war. Sie waren aus dem Hyperraum in den Normalraum eingetaucht, und die Sensoren hatten im gleichen Moment ein Objekt erfaßt, das auf Grund seiner geringen Größe unmöglich ein Kriegsschiff der Klingonen sein konnte.

»Wieso haben wir den Hyperraum verlassen?« fragte Kirk.

»Der Computer hat die Sol-Triebwerke ausgeschaltet«, sagte Sulu mit der verständlichen Erbitterung eines Rudergängers, dem die Kontrolle von einem hirnlosen Automaten aus den Händen gerissen worden war. »Er scheint immer noch für die Markierung von Festpunkten programmiert zu sein. Vielleicht hat man in dem ganzen Durcheinander vergessen, ihn für den Flug nach Organia zu programmieren.«

»Das ist völlig unmöglich«, sagte Kirk. »Ich habe den neuen Kurs selbst eingespeichert. Irgend jemand muß dem Computer einen Gegenbefehl gegeben haben. Mr. Spock stellen Sie fest, wer es war.«

Der Erste Offizier – es war gerade Spock II – hantierte an den Bedienungsknöpfen seiner Konsole und sagte dann: »Der Computer teilt mit, daß ich den Gegenbefehl erteilt hätte. Ich bestreite das aber, und wahrscheinlich wird auch mein Doppelgänger es abstreiten.«

»Löschen Sie den Befehl und sorgen Sie dafür, daß er gelöscht bleibt. Mr. Sulu, schalten Sie die Sol-Triebwerke wieder ein.«

»Sind bereits eingeschaltet, Captain.«

»Mr. Spock, ist der Computer defekt?«

»Nein, Captain, er ist völlig in Ordnung. Es steht außer Zweifel, daß einer von uns beiden – mein Duplikat oder ich – ihm den Gegenbefehl gegeben hat. Aber da der neu festgelegte Kurs die Gefahr einer Entdeckung durch die Klingonen erheblich vergrößert und uns keinerlei Vorteile bringt, wird der Befehl eben eine solche Entdeckung herbeiführen wollen. Deshalb bin ich ziemlich sicher, daß auch mein Doppelgänger leugnen wird, diesen Befehl erteilt zu haben.«

»Dieses Argument gilt aber auch für Sie.«

»Das weiß ich sehr wohl. Unglücklicherweise gibt es keine andere plausible Erklärung.«

»Ich vermute, daß der Zeitpunkt, zu dem der Befehl gegeben wurde, nicht festgehalten worden ist.«

»Nein. Und das ist ein weiterer Beweis dafür, daß der Verantwortliche unerkannt bleiben will.«

Kirk überlegte einen Augenblick. »Leutnant Uhura, gibt es Anzeichen dafür, daß wir entdeckt worden sind?«

»Ich glaube ja, Captain. Wenn das Objekt wirklich ein kleines Raumschiff gewesen sein sollte, muß es uns mit seinen Sensoren aufgefaßt haben. Ich konnte zwar keinen Sensorstrahl feststellen; aber vielleicht ist er zu schwach, um von meinen Geräten registriert zu werden. Jedenfalls ist das Objekt sofort nach unserem Auftauchen im Normalraum in den Hyperraum getaucht. Also kann es kein natürliches Objekt gewesen sein, sondern wahrscheinlich doch ein kleines Raumschiff. Es folgt uns übrigens jetzt – allerdings in einer sehr respektvollen Distanz.«

»Mr. Sulu, führen Sie ein paar einfache, klar erkennbare Ausweichmanöver durch. Falls das Objekt uns weiter folgt, versuchen Sie es abzuschütteln. Es kann bei seiner Größe einfach nicht genug Energie haben, um mit uns Schritt halten zu können.«

»Ich werde es schon abschütteln«, versprach Sulu.

»Mr. Spock, Sie sind bis auf weiteres von jedem Dienst beurlaubt. Mr. Sulu übernimmt vorläufig den Posten des Ersten Offiziers. Leutnant Uhura, informieren Sie alle Sektionen, daß mit sofortiger Wirkung und bis auf Widerruf keiner der beiden Spocks irgendeine Befehlsgewalt mehr hat. Wir nehmen wieder Kurs auf Organia. Das frühere Programm ist gelöscht. Noch irgendwelche Fragen?«

Es gab keine.

»Mr. Spock, rufen Sie Ihren Doppelgänger an und sagen Sie ihm, daß wir *beide* ihn jetzt besuchen werden. Im Interesse des harmonischen Zusammenlebens an Bord habe ich eine solche Konfrontation bisher vermieden. Aber einer von Ihnen ist mir jetzt in den Rücken gefallen. Mir – und sich selbst.«

Kirk hatte die Kabine des Ersten Offiziers seit dem unglückseligen Amoklauf auf Vulkan, wo Spock versucht hatte, ihn zu töten, nicht mehr betreten. Die Kabine bestand aus mehreren Räumen, war aber etwas kleiner und bescheidener als seine eigene. Die einzige Dekoration waren ein paar Waffen, die ein wenig an die orientalischen Länder der Erde erinnerten, aber vulkanischen Ursprungs waren.

Kirk war nicht überrascht, als er keine Spur von dem Umstand entdecken konnte, daß jetzt zwei Menschen hier wohnten. Aber es waren zwei Spocks anwesend, und sie starrten einander mit offener Feindseligkeit an. Der Kampf war also ausgebrochen, und das war vielleicht gut so.

»Meine Herren«, sagte Kirk, »einer von Ihnen hat eine für Spock uncharakteristische Dummheit an den Tag gelegt. Und wenn ich herauskriegen könnte, wer es war, würde ich ihn persönlich zur Luftschleuse bringen und in den Raum werfen. Die vorsätzliche Gefährdung dieses Schiffs ist in meinen Augen ein genauso schweres Verbrechen wie die Verletzung der Obersten Direktive – wie Sie beide sehr gut wissen. Also bin ich mit einem von Ihnen in offenem Kriegszustand, und darunter werden Sie beide leiden müssen. Spock I, haben Sie den von mir in den Computer eingespeicherten Kurs durch einen Gegenbefehl gelöscht?«

»Nein, Captain. Natürlich nicht.«

»Gut. Sie sind beide vorläufig von jedem Dienst suspendiert. Ich wünsche Ihnen viel Vergnügen bei Ihrem Zusammenleben in der gleichen Kabine. Vorläufig habe ich keinerlei Grund, einem von Ihnen besondere Unannehmlichkeiten zu bereiten, falls Sie verstehen, was ich damit meine, und ich werde mein möglichstes tun, es zu vermeiden. Als Gegenleistung erwarte ich von Ihnen die Beantwortung einer Frage. Spock I, sind Sie mit mir der Meinung, daß derjenige von Ihnen, der das Schiff aus dem Hyperraum gesteuert hat, damit seine Entdeckung durch die Klingonen herbeiführen wollte?«

»Es scheint die einzig mögliche plausible Erklärung zu sein«, sagte Spock I.

»Und warum hat er das getan?«

»Das kann ich nur erraten, Captain. Es wäre denkbar, daß der wirkliche Spock entgegen unseren Vermutungen doch nach Organia gebeamt worden ist, den Planeten in der Hand der Klingoner fand und daß ein Double, ein Spion der Klingonen, mit ihm zusammen zurückgebeamt wurde. Die Tatsache, daß der wirkliche Spock keinerlei Erinnerungen an diesen Vorgang hat, schließt diese Möglichkeit nicht aus. Wir sehen uns völlig neuen und unbekannten Kräften gegenüber, wie Mr. Scotts Ratlosigkeit zur Genüge beweist.«

»Die Möglichkeit darf keinesfalls ausgeschlossen werden«, sagte Kirk. »Und es wäre ein Motiv für die Umprogrammierung des Computers. – Spock II, was ist Ihre Meinung?«

»Die kann ich mit einem Wort ausdrücken, Captain«, sagte Spock II. »Das Wort heißt: *Unsinn.*«

»Und warum halten Sie die Theorie für Unsinn?«

»Weil sie sich auf zu viele *ad-hoc*-Annahmen stützt. William von Occam, einer der großen Pioniere wissenschaftlicher Methodik, hat einmal festgestellt, daß man logische Einheiten nicht ohne ausreichende Begründung miteinander multiplizieren darf. Das Prinzip wird heute das ›Gesetz der Ökonomie der Schlüsse‹ genannt.«

»Mit anderen Worten, die einfachste Erklärung, die auf alle Fakten zutrifft, ist zu bevorzugen«, sagte Kirk. »Haben Sie eine einfachere?«

»Ich denke schon«, sagte Spock II. »Es gibt keinerlei Beweise dafür, daß der wirkliche Spock tatsächlich irgendwohin gebeamt worden ist. Es ist doch viel einfacher, die von uns beobachteten Tatsachen als gegeben anzusehen: daß nämlich bei dem neuartigen Prozeß irgendeine Panne passierte und dadurch ein Doppelgänger Spocks geschaffen wurde. Wenn das wirklich der Fall gewesen sein sollte, so würden auch die tiefsten Engramme des Unterbewußten des Duplikats davon betroffen sein und dort eine Persönlichkeitsveränderung hervorrufen, und das könnte vielleicht der Ursprung des Motivs für die Sympathie mit den Klingonen sein.«

»Spock I, was sagen Sie dazu?«

»Es hat wirklich den Vorteil der Einfachheit«, sagte Spock I kühl. »Aber Occams Hypothese stellt lediglich eine menschliche Präferenz dar und kein Naturgesetz. Und diese Duplikats-Hypothese ist ebenfalls nur eine Annahme, für die keinerlei Beweise existieren.«

»Zugegeben«, sagte Spock II. »Aber ich möchte darauf hinweisen, Captain, daß beide Theorien – obwohl sie einander ausschließen – doch auf eine gemeinsame Lösung hinzielen: auf die sofortige Tötung des Duplikats.«

»Und wenn beide Theorien falsch sein sollten?« fragte Spock I.

»Und auch wenn eine davon richtig sein sollte«, sagte Kirk, »so bleibt mir doch noch immer die Frage: *Wer von Ihnen ist das Duplikat?*«

Keiner der beiden Spocks antwortete – und wenn sie geantwortet hätten, so hätte Kirk ihnen nicht geglaubt.

AUF DER ANDEREN SEITE…

Aus dem Logbuch des Captains, Sternzeit 4020.8:

Ich habe beiden Spocks untersagt, irgendwelche Befehle zu erteilen, bis die Identitätsfrage geklärt ist – falls sie überhaupt gelöst werden kann –, obwohl ich durch diesen Entschluß ohne Ersten Offizier bin. Aber selbst so ist es alles andere als eine befriedigende Interimslösung, da ein feindseliger Spock selbst ohne jede Befehlsgewalt an Bord großen Schaden anrichten könnte. Aber es gibt keinen Weg, das zu verhindern, es sei denn, ich würde beide Männer einsperren lassen; und dafür habe ich bisher keinen Grund.

Die Schiffsführung ohne Ersten Offizier war trotz Sulus ernsthaftem Bemühen, ihn so weit wie möglich zu ersetzen, eine ungeheure Belastung für Kirk.

Sulu war es zwar gelungen, das Objekt, wahrscheinlich ein klingonisches Aufklärungsschiff, das die *Enterprise* verfolgt hatte, abzuschütteln; aber es konnte jetzt keinerlei Zweifel mehr geben, daß die Klingonen von ihrer Anwesenheit in diesem Raumsektor wußten und alles daransetzen würden, sie zu finden und zu zerstören. Trotzdem suchte Kirk, als er seine Brückenwache beendet hatte, daß Bordlazarett auf.

»Irgend etwas, das Spock II erwähnt hat, beunruhigt mich«, sagte er zu McCoy. »Wenn das Duplikat eine Art Spiegelbild des Originals ist, könnte man es dann nicht durch ein Fluoroskop oder Röntgenstrahlen nachweisen? Wenn es wirklich so sein sollte, müßte doch eigentlich das Herz seitenverkehrt liegen, der Blinddarm auf der linken Seite, oder so was, oder nicht?«

»Leider nein, Jim«, sagte McCoy. »Anatomisch sind Vulkaner bilateral symmetrisch – und einen Blinddarm haben sie überhaupt nicht. Natürlich ist Spock, genetisch gesehen, halber Terraner, aber das einzige physiologische Erbe seiner irdischen Abstammung ist die Händigkeit.«

»Die was?«

»Menschen sind entweder Rechts- oder Linkshänder, Jim!«

»Ja, richtig. Daran habe ich auch schon gedacht. Aber dem Duplikat ist es offenbar ebenfalls eingefallen. Und wenn der Doppelgänger wirklich als Linkshänder dupliziert worden sein sollte, so spielt er den Rechtshänder sehr überzeugend.«

»Wir wollen trotzdem die Augen offenhalten, Jim. Die Präferenz einer Hand ist eine tiefsitzende psychologische Veranlagung. Früher oder später muß er einen Fehler begehen.«

»Spock? Das soll wohl ein Witz sein.«

»Da hast du allerdings recht«, sagte McCoy niedergeschlagen.

»Trotzdem bin ich mit dir einer Meinung, daß uns gar nichts anderes übrigbleibt, als die beiden ständig im Auge zu behalten; und besonders die Aufgabe des Schiffspsychologen, also deine, Pille. Falls uns da wirklich eine Unterschiebung passiert sein sollte, muß sich im Duplikat irgendein für Spock uncharakteristisches Verhaltensmuster zeigen, wenn wir nur aufmerksam danach suchen.«

»Und wie sollen wir danach suchen?«

»Das weiß ich auch nicht. Wir müssen die Dinge an uns herankommen lassen. Aber, unter uns gesagt, ich habe einen gewissen Verdacht gegen Spock II. Der emotionelle Druck, mit dem er mich dazu bringen will, den anderen töten zu lassen, ist sehr uncharakteristisch für den Spock, wie ich ihn kenne. Die Suche nach einer friedfertigen Lösung von Spock I ist für unseren alten Spock viel eher typisch. Aber es ist noch kein schlüssiger Beweis. Wir *müssen* einen zuverlässigen Test entwickeln.«

»Nichts einfacher als das«, sagte McCoy trocken. »Du brauchst nur Bootsmaat Janice Rand zu befehlen, einen der beiden zu küssen. Wenn er darauf reagiert, erschieße ihn.«

»Falls uns nichts Besseres einfällt, greife ich vielleicht wirklich darauf zurück«, sagte Kirk. »Und das meine ich völlig ernst.«

»Das weiß ich, Jim, und ich halte die Augen offen. Das Beobachten dieses menschlichen Computers war schon früher ein verdammt harter Job, aber wenn man zwei davon im Auge behalten muß, ist es ein Kreuz.«

Kirk ging, vorerst ein wenig erleichtert. Er wußte, daß McCoy alles tun würde, um das Problem zu lösen, auch wenn er sich noch so sarkastisch gab. Für ihn war der Sarkasmus genauso lebensnotwendig wie das Atmen.

Als er am nächsten Tag nach einer ereignislosen, aber nervlich anstrengenden Wache von der Brücke kam, ging er in den Maschinenraum. Scotts Bericht war genauso entmutigend wie der von McCoy.

»Ich habe einige Dutzend Objekte nach Organia zu beamen versucht, Captain, und jetzt habe ich eine ganze Sammlung von duplizierten Mathoms herumliegen, das ist alles.«

»Was sind Mathoms?«

»Unbrauchbarer Krempel, Captain. Die Dinger sind alle seitenverkehrt dupliziert worden, wie ein Spiegelbild. Diese Hypothese können wir also als bewiesen betrachten. Aber ich glaube nicht, daß uns das irgendwie weiterhelfen wird. – Als nächstes will ich jetzt ein Versuchstier in den Zylinder stecken und das Duplikat dann dem Doktor zum Spielen geben. Aber eine mögliche Persönlichkeitsveränderung wird er an einem Tier sicher nicht erkennen können.«

Aber am nächsten Tag wurden alle diese Fragen rein akademisch.

Spock II war auf der Brücke, als Kirk seine Wache antrat, und bevor Kirk etwas dazu sagen konnte, sprach Spock II ihn an.

»Ich habe keinerlei Befehle gegeben, Captain, und ich hätte die Brücke überhaupt nicht betreten, wenn die Situation es nicht unbedingt erforderlich machte. Ich muß Ihnen melden, daß das Wesen, das Sie Spock I nennen, sich in Dr. McCoys Laboratorium eingeschlossen hat und sich weigert, herauszukommen, bevor man ihm nicht verbindlich zusichert, mich zu töten und ihm das Leben zu garantieren.«

Die Atmosphäre auf der Brücke knisterte wie im Innern einer elektrostatischen Kammer.

Kirk blickte Uhura an. »Leutnant, bitten Sie Dr. McCoy, sofort auf die Brücke zu kommen. Mr. Spock, wenn Sie an Stelle des anderen wären – an Stelle von Spock I, meine ich –, was würden Sie durch einen solchen Schritt zu erreichen hoffen? Mit Ausnahme einer offenkundigen Erpressung natürlich.«

»Da gibt es einige Möglichkeiten, Captain. Die eine wäre eine Störung der normalen Routine, dann der Versuch, unter den anderen Offizieren eine Loyalitätskrise auszulösen, oder aber die Notwendigkeit, sich irgendwo zurückziehen zu können, um unbeobachtet irgendein Kommunikationsgerät zu basteln, mit dem er Verbindung mit den Klingonen aufnehmen kann.«

»Könnten Sie aus Labormitteln ein solches Gerät konstruieren?«

»Ja, Captain. Es gäbe sogar mehrere Möglichkeiten dazu.«

»Mr. Sulu. Aktivieren Sie den Deflektor.«

»Ist bereits aktiviert, Captain«, sagte der Navigator. Im gleichen Augenblick betrat McCoy die Brücke.

»Pille, befindet sich in deinem Labor irgend etwas, mit dem Spock I dem Schiff oder der Besatzung Schaden zufügen könnte?«

»Eine ganze Menge«, sagte McCoy. »Wahrscheinlich noch viel

mehr, als ich jetzt aufzählen könnte. Schließlich ist er der Wissenschaftsoffizier des Schiffs – oder doch ein sehr überzeugendes Faksimile von ihm.«

»Würde das Risiko ein gewaltsames Eindringen mit Phasern rechtfertigen?«

»Auf gar keinen Fall«, sagte McCoy. »Im Labor befinden sich Geräte und Apparaturen, die unter den derzeitigen Umständen unersetzlich sind; gar nicht zu reden von den Reagenzien und Medikamenten. Falls er sich verteidigen sollte, würde der größte Teil davon zerstört werden; oder er könnte uns mattsetzen, indem er droht, das ganze Labor zu zerstören. Und, überlege einmal, Jim, vielleicht hat er wirklich nur die Absicht, sein Leben zu schützen. Warum warten wir nicht zunächst einmal ab?«

»Darf ich etwas dazu sagen?« fragte Spock II.

Kirk nickte.

»Die Risiken, die wir dabei eingehen müßten, sind enorm. Sie werden bestimmt selbst einsehen: Dieser Schritt beweist, daß er das Duplikat ist und nicht ich. Wenn man nichts gegen ihn unternimmt, so läßt man praktisch einen hochqualifizierten Wissenschaftsoffizier der Klingonen an Bord, stellt ihm ein ganzes Arsenal von Materialien und Werkzeugen zur Verfügung und lädt ihn geradezu dazu ein, dem Schiff größtmöglichen Schaden zuzufügen.«

»Sie scheinen sich ziemlich hoch einzuschätzen, wie?« fragte McCoy erbost.

»Falls Sie an meinen Qualifikationen zweifeln, Doktor, brauchen Sie nur einmal meine Personalakte einzusehen.«

»Schluß damit, alle beide«, fuhr Kirk dazwischen. »Wir haben jetzt keine Zeit für eure privaten Streitigkeiten. Eins möchte ich hier mit allem Nachdruck feststellen, Mr. Spock: Bis jetzt ist noch überhaupt nichts entschieden. Ich traue keinem von Ihnen, und das einzige Risiko, das ich einzugehen bereit bin, ist Sie beide am Leben zu lassen. Verdammt noch mal, Mann! Begreifen Sie denn nicht, daß Sie von mir verlangen, einen Menschen zu töten, der vielleicht mein Freund ist – und auch der beste Erste Offizier der ganzen Flotte? Wenn Sie das nicht begreifen, dann bin ich ziemlich sicher, daß *Sie* nicht der wirkliche Spock sein können!«

»Natürlich begreife ich das«, sagte Spock II ruhig. »Aber es ist dennoch meine Pflicht, Ihnen die Situation so zu schildern, wie ich sie sehe.«

»Das stimmt allerdings«, gab Kirk etwas besänftigt zu. »Aber im Augenblick werden wir alles so lassen, wie es ist. Wir müssen vor allen Dingen der Flotte Klingons zu entkommen und Organia zu erreichen versuchen. Das ist unsere einzige Überlebenschance und die einzige Möglichkeit, etwas für die Föderation unternehmen zu können.«

»Vielleicht ist es schon zu spät, Captain«, sagte Leutnant Uhura. »Ich habe eben einen Hyperraum-Funkspruch der Klingonen aufgefangen. Sie behaupten, die Flotte der Föderation im großen Nebel des Orion gestellt und geschlagen zu haben. Und der große Orionnebel liegt schon sehr nahe der Erde.«

»Es steckt noch mehr dahinter«, sagte Spock II. »Es ist der Quadrant, den die Klingonen den Raum der neuen Sonnen nennen, weil sich dort Sonnen der vierten Generation bilden.«

»Warum halten Sie das für wichtig?«

»Weil dieser Prozeß noch Millionen von Jahren dauern wird, Captain. Das bedeutet, daß die Klingonen so sicher sind, diesen Krieg zu gewinnen, daß sie Menschen und Raumschiffe opfern, um Sonnensysteme zu erobern, die zur Zeit noch gar nicht existieren. Und vielleicht haben sie damit völlig recht.«

NIEMAND ZU HAUSE

Aus dem Logbuch des Captains, Sternzeit 4150.0:

Wir sind jetzt drei Monate tief in das Imperium der Klingonen eingedrungen und bis jetzt unentdeckt geblieben, obwohl wir aus abgehörten Funksprüchen wissen, daß die Klingonen fieberhaft nach uns suchen. Deshalb habe ich alle Überraschungsan-

griffe auf gegnerische Basen und Stützpunkte verboten, da man daraus Anhaltspunkte auf unseren Kurs gewinnen könnte. Diesen Befehl werde ich erst dann widerrufen, wenn es sich herausstellen sollte, daß die Lage auf Organia hoffnungslos ist. Wir hören weiterhin Nachrichten von Niederlagen der Föderation. Der Computer hält die Theorie von Spock II über das Auftauchen der klingonischen Flotte an unerwarteten Orten für sehr wahrscheinlich; aber wir haben keine Möglichkeit, seine Schlußfolgerungen an das Sternflotten-Oberkommando zu melden. Sein Benehmen ist übrigens einwandfrei. Aber auch Spock I zeigt keinerlei Widersetzlichkeit. Er weigert sich lediglich, McCoys Labor zu verlassen.

Nach drei Monaten war die neue Wacheinteilung auf der Brücke fast schon zur Routine geworden, als ob es völlig normal wäre, daß ein Spock mehr oder weniger tatenlos zusah und der andere sich in McCoys Laboratorium verbarrikadiert hatte. Ein Versuch, ihn auszuhungern, war fehlgeschlagen. Er könne sich, wie er verkündete, von dem Vorrat eiserner Rationen ernähren, die auch im Laborbereich gelagert wurden. Diese Diät hätte bei einem Terraner schon nach kurzer Zeit eine ganze Reihe von Mangelkrankheiten zur Folge gehabt; sein halbvulkanischer Organismus aber konnte wahrscheinlich jahrelang damit auskommen.

Kirk war erleichtert, daß seine leitenden Offiziere sich der Situation so gut angepaßt hatten. Es war ein weiterer Beweis für ihre Widerstandskraft – nicht, daß er den noch gebraucht hätte –, und außerdem konnte es sich in dieser Situation niemand leisten, mehr als nötig nervlich belastet und von den Problemen abgelenkt zu werden.

McCoy und Scott setzten ihre Arbeiten an dem Problem der Duplikation verbissen fort, wann immer sie Zeit dazu fanden; aber sie kamen nicht einen Schritt weiter. Alle Versuchstiere, die Scott in den Zylinder des Transporters steckte, wurden, genau wie Spock seinerzeit, dupliziert; aber die Duplikate starben alle innerhalb weniger Tage. McCoy konnte keine Todesursache feststellen, aber selbst, wenn ihm das gelungen wäre, hätte sie ihn um keinen Schritt weitergebracht, da sich die dabei gewonnenen medizinischen Erkenntnisse logischerweise nicht auf das überaus lebendige Duplikat Spocks übertragen ließen. Wie alle anderen bisherigen Experimente schien auch dieses nicht den geringsten Hinweis zu liefern.

Allmählich aber steigerte sich die Anspannung wieder. Die *Enterprise* näherte sich den Koordinaten 11 872 D Y – 85 746 K, dem Punkt also, an dem sie den Hyperraum verlassen mußte, um den Planeten Organia mit ihren Sensoren suchen zu können.

»Bis jetzt«, sagte Kirk, »besteht keinerlei Grund zu der Annahme, daß die Klingonen uns irgendwo in diesem Raumsektor vermuten. Aber wir wollen trotzdem kein Risiko eingehen. Mr. Sulu, koppeln Sie alle Phasergeschütze des Schiffs mit den Sensoren, so daß alles, was von den Sensoren aufgefaßt wird, wenn wir aus dem Hyperraum austreten, eine Sekunde später schon im Feuer liegt. Es besteht dabei natürlich die geringe Wahrscheinlichkeit, daß wir ein eigenes Schiff zusammenschießen, aber damit ist in diesem Sektor wohl kaum zu rechnen.«

Sulu nahm rasch und routiniert die entsprechenden Schaltungen vor. Die Leuchtzeichen der einzelnen Phaser-Batterien flammten auf.

»Alle Batterien feuerbereit«, meldete Sulu.

»Wann treten wir aus dem Hyperraum aus?«

»Vierzehn, fünfunddreißig, zwanzig.«

»Leutnant Uhura, wie lange brauchen Sie minimal für eine Sensor-Suche nach dem Planeten Organia?«

»Ich kann einen kompletten sphärischen Himmelsatlas in zehn Sekunden durchmustern, Captain.«

»Sehr gut! – Mr. Sulu, geben Sie uns zehn Sekunden im Normalraum und tauchen Sie anschließend sofort wieder mit Sol Eins in den Hyperraum zurück. Sie sollten es besser in den Computer einspeichern, Mr. Spock.«

Spock II nickte. »Wünschen Sie einen Countdown, Captain?«

»Dazu besteht kein Grund, wenn wir auf Automatik geschaltet

sind. Es würde die Situation nur unnötig dramatisieren. Klar zum Manöver!«

Die Sekunden tickten vorbei. Und dann, mit der gewohnten Plötzlichkeit, befand sich die *Enterprise* im Normalraum.

Und mit der gleichen Plötzlichkeit gab es überhaupt nichts Normales mehr.

Kirk fühlte die Nähe eines riesenhaften Schlundes, eines Wirbels im Gefüge des Raum-Zeit-Kontinuums selbst. Es war, als ob eine unerklärliche Kraft das metrische Grundgefüge des Universums aufgerissen und das absolute und totale Nichts freigelegt hätte, das ultimative Nichtsein. Und die *Enterprise* stürzte direkt hinein.

Es war ein Gefühl reinen Entsetzens. Obwohl sich die Sekunden zu Stunden zu dehnen schienen, war Kirk wie gelähmt, und auch die anderen Offiziere der Brücke saßen reglos wie Statuen.

Und dann war es plötzlich verschwunden, als ob es nie dagewesen wäre. Die *Enterprise* war programmgemäß nach genau zehn Sekunden wieder in den Hyperraum getaucht.

Das Intercom summte, und dann fragte Scotts Stimme: »Was zum Teufel war denn *das?*«

»Ich weiß auch nicht, Scotty. Ich sage Ihnen Bescheid, sowie ich etwas herausgefunden habe. Ich vermute, Ihre Männer haben es ebenfalls gespürt.«

»Ja, alle«, sagte Scott.

»Mr. Sulu, haben Sie schon eine Kurskorrektur durchgeführt?«

»Jawohl, Sir«, sagte Sulu mit weißen Lippen.

»Haben Sie Ihre Aufnahmen gemacht, Leutnant? – Gut. Dann wollen wir sie uns gleich ansehen. Und stellen Sie Verbindung mit Spock I her. Ich habe so eine unbestimmte Ahnung, daß wir jedes Gehirn an Bord brauchen werden, um diese Nuß zu knacken.«

Die verzerrten Sterne des Hyperraumes verschwanden vom Bildschirm und machten der Aufnahme eines normalen Sternenhimmels Platz. In ihrem Zentrum befand sich jedoch ein sanft leuchtendes sphärisches Objekt, das einen eigenartigen, silbrigen Glanz auszustrahlen schien.

»Es liegt genau auf den Koordinaten Organias«, sagte Leutnant

Uhura. »Aber wenn mich meine Erinnerung nicht sehr trügt, hat es nicht die geringste Ähnlichkeit mit Aufnahmen von dem Planeten, die wir bei unserem ersten Besuch dort gemacht haben. Organia hat sehr charakteristische Oberflächenmarkierungen und ist ein Planet der Klasse M. Dies Ding aber sieht wie ein Riesenstern aus.«

»Abgesehen von der Tatsache«, sagte Kirk, »daß wir fast genau darauf Kurs hatten, als wir aus dem Hyperraum stießen, hatte ich den psychischen, ja fast physischen Eindruck, daß sich an dieser Stelle nichts – DAS NICHTS – befinde und wir darauf zustürzten. Hat jemand einen anderen Eindruck gehabt?«

Sie schüttelten die Köpfe. Spock II sagte: »Captain, wir wissen, daß die Organier Meister der Hypnose und anderer Illusionstechniken sind und Energieströme in jede gewünschte Richtung manipulieren können. Ich bin sicher, daß sie ihrem Planeten jedes gewünschte Aussehen geben können, selbst für eine Kamera.«

»Innerhalb von zehn Sekunden?« fragte Kirk. »Zugegeben, der emotionelle Effekt könnte die Wirkung einer Art generellen psychologischen Emission sein, die von Organia ausgeht, aber ich bezweifle, daß die Organier in der Lage sind, innerhalb von zehn Sekunden an Bord zu kommen und die Kameraschaltungen umzupolen.«

»Außerdem sind meine Kameras keine Standardmodelle«, setzte Uhura hinzu. »Ich habe die Schaltungen mehrmals verändert. Sie müßten schon meine Gedanken lesen, um die neuen Schaltungen zu kennen und immer wieder von neuem abändern zu können.«

»Wir kennen die Grenzen ihrer Fähigkeiten nicht«, sagte Spock II.

»Darüber besteht kein Zweifel«, sagte Kirk. »Aber warum sollten sie zwei völlig verschiedene Illusionen schaffen, eine für uns und eine für die Kamera? Entweder sie wollen uns weismachen, daß Organia nicht mehr existiert oder daß der Planet drastisch verändert worden ist. Aber warum beides? – Sie wissen genau, daß diese Widersprüchlichkeit unsere Neugier wachrufen wird – obwohl beide Erscheinungsformen – jede für sich – anscheinend das

Gegenteil bezwecken sollen. Und das deutet meiner Ansicht nach darauf hin, daß die von der Kamera erfaßte Erscheinungsform nicht ihr Werk ist und daß die Aufnahmen die wirkliche Situation zeigen – was immer die sein mag.«

»Wenn das der Fall sein sollte«, sagte Spock II, »kommt man logischerweise zu der Vermutung, daß es für beides eine gemeinsame Erklärung geben muß: Die Organier haben vermutlich ihren Planeten mit einer Art Energie-Abschirmung umgeben. Dieses Energiefeld haben die Kameras aufgenommen, und ihren Effekt haben wir gespürt.«

»Das klingt sehr vernünftig«, sagte Kirk. »Aber wenn es wirklich zutreffen sollte, wirft es unseren ursprünglichen Plan völlig über den Haufen. Um es geradeheraus zu sagen: Ich habe das Gefühl, daß die Organier *keinen* Besuch wünschen. Und wenn wir trotzdem versuchen sollten, dort zu landen, so würden wir die Belastung dieses Energiefeldes nicht eine Minute lang aushalten. Stimmen Sie mir zu, oder wer möchte sich zum Versuch melden?«

Es meldete sich niemand, und Kirk fuhr nach kurzer Pause fort: »Spock I, Sie haben sich bisher überhaupt nicht dazu geäußert. Haben Sie uns nichts zu sagen?«

»Natürlich, Captain«, sagte Spocks Stimme aus dem Intercom. »Ich habe zwar die Aufnahmen nicht gesehen, kann mir jedoch an Hand Ihrer Diskussion ein ziemlich klares Bild von ihnen machen. Ich bin überzeugt, daß Sie alle von einer völlig falschen Prämisse ausgehen. Die Antwort ist in Wirklichkeit sehr einfach, wenn auch nicht sehr naheliegend.«

»Dann reden Sie schon, Mann.«

»Erst, wenn Sie auf meine Bedingungen eingehen, Captain.«

»Das ist Erpressung!«

»Stimmt«, sagte Spock ruhig. »Und weil ich das genau weiß, kann mich Ihre Beschuldigung weder beleidigen noch zum Nachgeben verleiten.«

»Und was ist mit der Sicherheit des Schiffs?«

»Meine Situations-Analyse«, sagte die Stimme aus dem Intercom, »führt mich zu der Schlußfolgerung, daß die Anwesenheit des Spock-Duplikats eine weitaus größere Gefahr für die Sicherheit des Schiffs darstellt als die Unzugänglichkeit Organias. Ich bestehe deshalb weiterhin auf meinen Forderungen.«

Kirk wandte sich ärgerlich an Spock II. »Haben Sie eine Ahnung, was er damit meinen könnte?«

»Leider nein. Unsere Denkprozesse divergieren jetzt bereits erheblich voneinander, wie ich von Anfang an vorausgesagt hatte. An Hand der uns zur Verfügung stehenden Informationen halte ich unsere derzeitige Beurteilung der Situation auf Organia für richtig, wenn auch notwendigerweise für unvollständig.«

Das klang ein wenig beruhigend, dachte Kirk, war aber keinerlei Hilfe. Wenn Spock I wirklich die richtigen Antworten auf die Fragen hatte, so lohnte es sich vielleicht, seine Forderungen zu erfüllen; aber dagegen würde Spock II sich widersetzen – mußte sich widersetzen, um sein eigenes Leben zu retten. Und wenn Spock I das Duplikat war, so konnte seine Behauptung, eine Lösung gefunden zu haben, lediglich eine Finte sein, um den wirklichen Spock aus dem Weg zu räumen. Falls sich hinterher herausstellen sollte, daß seine Lösung falsch war, nun, so konnte er sich immer mit ungenügenden oder falschen Informationen herausreden. Kirk hatte von seinem Ersten Offizier nie Unfehlbarkeit verlangt; so sehr Spock auch den kleinsten Irrtum haßte.

»Wir werden von unserer derzeitigen Annahme ausgehen«, sagte Kirk schließlich. »Wir haben nur eine einzige Möglichkeit, wenigstens einen Teil unseres ursprünglichen Plans zu verwirklichen: Wir müssen einen Weg durch den Energieschirm finden, indem wir uns vor seinen Effekten möglichst schützen, sie zu neutralisieren versuchen. Das ist Scotts Job; aber ich werde ihm vorher genaue Sensor-Aufzeichnungen zur Verfügung stellen – was leider ein zweites Verlassen des Hyperraums bedeutet. Meine Befehle an Sie lauten wie folgt: Leutnant Uhura, lassen Sie sich von Mr. Scott sagen, welche Sensoren-Einstellung ihm am meisten Informationen geben kann und welche Mindestzeit zur Erfassung der notwendigsten Daten erforderlich ist. Und sobald Mr. Sulu einen Flugplan für das Verlassen des Hyperraums aufgestellt hat, geben Sie an alle Decks Warnungen durch, daß die Leute sich auf einen zweiten emotionellen Schock vorbereiten können.

Spock II, lassen Sie durch den Computer eine komplette Aufstellung aller, selbst der nur vage oder vom Hörensagen bekannten Schutzschirme machen und schicken Sie sie an Mr. Scott.« Er erhob sich müde. »Ich gehe jetzt in die Messe und lasse mir ein Sandwich machen. Falls ich noch nicht wieder zurück sein sollte, wenn es Zeit ist, den Hyperraum zu verlassen, dann rufen Sie mich.«

»Sie sind im Begriff, einen sehr schwerwiegenden Fehler zu begehen«, sagte die Stimme von Spock I aus dem Lautsprecher.

»Sie lassen mir ja keine andere Wahl, Mr. Spock.«

Kirk hatte sich mehr oder weniger auf den Schrecken vorbereitet. Aber es nützte ihm nicht viel, als es soweit war. Das Erlebnis war im Gegenteil noch entsetzlicher als beim ersten Mal – vor allem, weil es länger dauerte. Scott hatte darauf bestanden, den Hyperraum für ganze, unendlich lange fünfundvierzig Sekunden zu verlassen, und während dieser Ewigkeit schien das Raumschiff direkt in einen Abgrund des Nichts zu stürzen. Und in den letzten fünf Sekunden zuckten grelle Stichflammen rechts voraus – die Explosionen der automatisch gezündeten Phaser-Batterien. Und zwei Sekunden später noch ein paar.

»Verdammt, Sulu!« schrie Uhura. »Die Gegend steckt voller Klingonen!«

DER ANGRIFF

Aus dem Logbuch des Captains, Sternzeit 4181.6:

Es waren anscheinend sechs Kriegsschiffe der Klingonen, die uns bei unserem zweiten Anflug auf Organia auflauerten und angriffen. Falls sie auch schon bei unserem ersten Anflug in der Nähe gewesen sein sollten – was ich für sehr wahrscheinlich halte –, hat uns nur die extrem kurze Zeitspanne unseres Auftauchens aus dem Hyperraum davor bewahrt, schon zu diesem Zeitpunkt in ihr Feuer zu geraten. Es ist aber natürlich auch möglich, daß wir auch beim zweiten Mal nicht entdeckt worden wären, wenn nicht unsere auf Automatik geschalteten Phaser-Batterien sofort das Feuer eröffnet hätten. Aber das hängt natürlich davon ab, ob die Klingonen sich nur zufällig in unserer Nähe aufhielten oder uns auflauerten. Falls letztere Vermutung zutreffen sollte, so war die sofortige Feuereröffnung für uns von Vorteil, denn zwei der gegnerischen Schiffe sind anscheinend erheblich beschädigt worden. Nur vier Gegner sind uns in den Hyperraum gefolgt. Bei einem anderen Gegner hätte ich natürlich mit der Möglichkeit gerechnet, daß die zwei zurückbleibenden Schiffe aus ganz normalen, taktischen Überlegungen als Reserve zurückgehalten würden. Aber kein Klingone würde jemals einen Kampf versäumen, es sei denn, er würde in irgendeiner Form daran gehindert.

Die meisten Schlachten im Weltraum sind entweder innerhalb weniger Sekunden vorbei – wie zum Beispiel im Fall der beiden überraschten Schiffe der Klingonen –, oder aber sie erstrecken sich über riesige Zeiträume, weil das Schlachtfeld die Unendlichkeit ist. Der erste Satz im Lehrbuch der Sternflotten-Akademie, *Fundamentale Regeln der Raumschlacht,* lautet: »Die Hauptschwierigkeit, der sich ein Kommandant, der die Schlacht sucht, gegenübersieht, ist der Umstand, daß er die Schlacht nur selten finden wird.«

Diese Schlacht erfüllte alle Voraussetzungen dafür, eine Ewigkeit zu dauern. Keins der vier übriggebliebenen Kriegsschiffe der Klingonen war so groß wie die *Enterprise*, deren waffentechnische Überlegenheit den Gegner auf respektvoller Distanz hielt. Gelegentliche Photonen-Torpedos der Klingonen wurden von den Schutzschildern ohne Schwierigkeit deflektiert.

Kurz gesagt: ein Patt.

Aber Kirk wußte aus Erfahrung, daß ein Patt noch lange kein Schachmatt bedeutete. Der rege Funkverkehr der vier Schiffe –

drei davon schienen Korvetten zu sein, das vierte offenbar ein Kreuzer – war offensichtlich der Ruf nach Vestärkung. Jetzt bestand auch für die *Enterprise* kein Grund mehr, Funkstille zu wahren.

»Geben Sie unseren Standort ans Sternflotten-Oberkommando durch«, sagte Kirk zu Leutnant Uhura. »Beschreiben Sie die Situation auf Organia und fügen Sie dem Bericht ein Hologramm von dem Objekt bei, das wir in der Kreisbahn des Planeten registriert und aufgenommen haben. Melden Sie, daß wir im Kampf mit gegnerischen Streitkräften stehen, und erbitten Sie Befehle. Außerdem geben Sie in einem gesonderten Bericht Spocks Schlußfolgerungen über die derzeitigen strategischen Absichten der Klingonen durch. Drittens, senden Sie dem Wissenschaftsrat einen ausführlichen Bericht über die zweifache Ausgabe von Spock an Bord und schildern Sie, wie es dazu gekommen ist. Lassen Sie sich die notwendigen Daten von Mr. Scott geben. – Übrigens, wie alt ist unser laufender Code-Schlüssel?«

»Knapp ein Jahr, Captain.«

»Dann haben ihn die Klingonen längst geknackt. Aber das läßt sich nun nicht mehr ändern – aber Sie könnten das Wichtigste im Klartext senden – auf Suaheli. Das dürfte bei den Klingonen einige Verwirrung stiften.«

»Darauf können Sie sich verlassen«, sagte Uhura lächelnd. »Aber selbst das moderne Suaheli besitzt noch kein Vokabularium für Scotts technische Termini, Captain. Außerdem gibt es in fast jeder irdischen Sprache indo-europäische Lehnwörter; und die Klingonen sind bestimmt in der Lage, aus ihnen den übrigen Inhalt der Meldung zu erraten.«

»Verdammt, da haben Sie recht.«

»Es gäbe noch eine Möglichkeit, Captain. Sie ist allerdings etwas riskant. Wir könnten den Klartext zunächst in Eurisch übersetzen.«

»Eurisch? Was ist denn das?«

»Es ist eine synthetische Sprache, die James Joyce vor über zweihundert Jahren für seinen letzten Roman entwickelt hat. Eurisch enthält Elemente von vierzig oder fünfzig Sprachen, einschließlich verschiedener Dialekte und Slangs. Nur ein Mensch, der auf der Erde zu Hause und in ihrer Kultur aufgewachsen ist, kann Eurisch überhaupt entziffern, und es gibt höchstens ein paar hundert Menschen, die es beherrschen. Und eben da liegt das Risiko: Möglicherweise dauert es eine gewisse Zeit, bis das Oberkommando einen Übersetzer auftreiben kann. Und vielleicht erkennen sie nicht einmal, um welche Sprache es sich handelt.«

Kirk erkannte wieder einmal, wieviel Wissen ein wirklich guter Nachrichtenoffizier brauchte. »Kann man mit ihr wenigstens wissenschaftliche Termini wiedergeben?« fragte er.

»Selbstverständlich. Sie kennen doch bestimmt das Elementarteilchen, das man ein Quark nennt. Nun, das ist ein eurisches Wort. Joyce hat in seinem Buch die Entdeckung der Atomspaltung vorausgesagt. Ich kann die Stelle nicht wortwörtlich wiedergeben; aber sie lautet in etwa so: The abnihilisation of the etym expolodotonates through Parsuralia with an ivanmorinthorrorumble fragoromboassity amidwiches general uttermosts confussion are perceivable moletons skaping with mulicules. Das ist alles, an das ich mich noch erinnern kann. Es ist schon lange her, seit ich das Buch zum letzten Mal gelesen habe.«

»Das ist mehr als genug«, sagte Kirk hastig. »Gut. Ich bin einverstanden. Hoffentlich können Sie dann auch die Antwort lesen.«

»Niemand kann völlig sicher sein, was ein eurisches Wort bedeutet«, sagte Uhura. »Aber ich kann es bestimmt besser entziffern als die Klingonen, das ist sicher. Für sie ist es sicher purer Unsinn.«

Nicht nur für sie, dachte Kirk und ließ Uhura mit ihrer Aufgabe allein. Er hatte sich schließlich noch mit dem Problem der Klingonen zu befassen, die wie Jagdhunde hinter der *Enterprise* herhetzten.

Es wäre sinnlos, überlegte er, einfach ein paar Dutzend Minen auszulegen. Die feindlichen Schiffe waren zweifellos mit Schutzschildern ausgerüstet. Und außerdem würden die Minen, weil sie keinen eigenen Sol-Antrieb besaßen, sofort in den Normalraum tauchen und dort eine Gefahr für friedliche Raumschiffe darstellen. Aber, Moment mal...

»Mr. Spock, ich brauche von Ihnen einen Rat: Wenn wir während des Flugs im Hyperraum einen Schutzschirm-Strahl aussenden, dann strömen doch die Feldlinien des Sol-Antriebs entlang diesem Strahl bis zur Grenze der Oberflächenausdehnung dieses Felds. Dann müßte theoretisch das Feld zusammenbrechen, und wir wären wieder im Normalraum. Ist das richtig?«

»Ja, Captain. Ein einfacher invertierter Effekt des Quadratgesetzes.«

»Und umgekehrt«, sagte Kirk, »wenn man den Traktor-Strahl bei Sol-Antrieb einschaltet, so wird doch das Feld um den Strahl herum konzentriert, wodurch die Geschwindigkeit des Schiffes erhöht wird, was allerdings eine gefährliche Beeinflussung der Steuergenauigkeit nach sich zieht.«

Spock II nickte.

»Ausgezeichnet, dann haben wir, glaube ich, die Basis für ein kleines Experiment. Ich will dem klingonischen Kreuzer eine Mine direkt vor den Bug schicken, indem ich den Schutzschirm- *und* denTraktor-Strahl benutze, mit etwas mehr Energie auf dem Schutzschirm-Strahl. Gleichzeitig werde ich die Geschwindigkeit der *Enterprise* erhöhen, so daß das Sol-Feld genau in dem Augenblick zusammenbricht, an dem die Mine explodiert. Speisen Sie alle Faktoren dem Computer ein, einschließlich der Pseudo-Distanz zu dem Kreuzer und den relativen Geschwindigkeiten, und überprüfen Sie, ob das Unternehmen durchführbar ist.«

Spock II wandte sich seinem Computer zu und arbeitete eine Minute lang schweigend. Dann sagte er: »Ja, Captain, mathematisch ist es eine nicht sehr komplexe Operation. Aber es gibt keinerlei Unterlagen darüber, daß ein Sternenschiff jemals das Durchstoßen des Sol-Felds mittels Schutzschirm-Strahl durchgeführt und überstanden hat.«

»Und wenn der Schutzschirm-Strahl durch den Traktor-Strahl fast ausgeglichen wird?«

»Auch darüber gibt es keine Unterlagen. Eins sollten Sie wissen, Captain: Sie setzen das Schiff einer äußerst großen Belastung aus.«

Vielleicht, dachte Kirk. Aber vielleicht paßt es dir auch nicht, daß der Kreuzer der Klingonen auf diese Weise außer Gefecht gesetzt werden soll.

»Wir werden es trotzdem versuchen. – Mr. Sulu, machen Sie eine Mine scharf und programmieren Sie ihre Flugbahn. Und sowie wir bei Zündung der Mine in den Normalraum tauchen, schalten Sie den Reaktor-Antrieb auf maximale Leistung.«

»Damit«, sagte Spock II trocken, »haben Sie alles Notwendige getan, um das Schiff zwischen Brücke und Maschinensektion auseinanderbrechen zu lassen.«

»Auch darauf müssen wir es ankommen lassen«, sagte Kirk ruhig. »Falls Sie es noch nicht bemerkt haben sollten: Wir befinden uns mitten in einem Gefecht. Leutnant, warnen Sie die Besatzung vor den Stoßwellen bei Eintritt in den Normalraum.«

Spock II hatte keine weiteren Einwände mehr. Schweigend stellte Uhura den Bildschirm auf den Raumsektor ein, in dem die Falle – falls sie funktionierte – zuschnappen würde. Der Kreuzer war auf die riesige Entfernung und durch die Verzerrung des Hyperraums nur ein winziger, pulsierender Schatten auf dem Bildschirm.

Und dann schob sich die dunkle Masse der Mine ins Blickfeld, ein Schatten mit verschwommenen Interferenz-Rändern, der auf zwei fahlen Lichtstrahlen zu balancieren schien. Es waren die parallel verlaufenden Schutzschirm- und Traktor-Strahlen, die im Normalraum nicht sichtbar gewesen wären. Als die Mine die Begrenzung des Sol-Feldes erreicht hatte, wurde auch diese undeutlich erkennbar und beulte sich in Richtung auf das Raumschiff der Klingonen aus. Der Anblick erinnerte an einen zu stark aufgeblasenen Ballon, der kurz vor dem Zerplatzen stand.

»Mr. Sulu, können die Klingonen von außen in unser Sol-Feld hereinspähen oder mit ihren Sensoren etwas empfangen?«

»Ich weiß nicht, Captain. Aber ich wünschte, *ich* könnte auch nichts sehen.«

»Leutnant Uhura?«

»Es wäre immerhin möglich, Captain. Zumindest müßten sie eigentlich die Deformation des Sol-Felds bemerken. Aber vielleicht wissen sie nicht, wie sie das Phänomen interpretieren sollen. Wie Spock II vorhin sagte, es gibt keinen Präzedenzfall für dieses Unternehmen, und wahrscheinlich haben auch die Klingonen noch keine Erfahrung dieser Art gemacht. Aber das ist nur eine Vermutung.«

Die Ausbeulung des Sol-Felds wuchs und wuchs und verformte sich zu einem plumpen Pseudopod, der sich tief in den Hyperraum erstreckte. Von der *Enterprise* aus gesehen war es wie ein unendlicher, halbdunkler Tunnel, dessen Achse die beiden Strahlen bildeten. Aus der Tiefe seiner Erinnerungen holte Kirk das Bild einer Biologiestunde hervor, in der sein Lehrer ihnen Radiolarien gezeigt hatte, mikroskopisch kleine, nadelförmige Meerestiere, in deren durchsichtigen Körpern das Protoplasma pulsierte.

»Captain«, sagte Scotts Stimme nervös aus dem Intercom. »Wie lange soll das noch dauern? Meine Maschinen stöhnen schon vor Überlastung.«

»Behalten Sie Ihre Nerven, Scotty. Sie werden Sie gleich sehr nötig haben.«

Die stumpfe Ausbeulung wurde zu einem Finger, an dessen Spitze die Mine – jetzt winzig wie ein Samenkorn – immer tiefer in das Pseudolicht des Hyperraums eindrang. Jetzt begann der Rumpf der *Enterprise* leise zu ächzen und zu knacken. Zum ersten Mal hörte Kirk von seinem Schiff diese Laute äußerster Belastung.

»Noch dreißig Sekunden bis zum Zusammenbruch des Sol-Felds«, sagte Spock II.

»Der Klingone dreht ab!« meldete Uhura erregt. »Er muß jetzt etwas entdeckt haben, das ihm nicht geheuer vorkommt! Und er hat seine Triebwerke auf äußerste Kraft geschaltet. Wenn er...«

»Zündung«, befahl Kirk.

Sulu drückte auf einen Knopf. Ein riesiger Feuerball zuckte auf, breitete sich über die ganze Fläche des Bildschirms – und verschwand, als die *Enterprise* in den Normalraum tauchte. Eine Sekunde später fiel auch der Feuerball, der nun nicht mehr durch das Sol-Feld des Raumschiffs gestützt wurde, in den Normalraum und wurde wieder auf dem Bildschirm sichtbar.

»Wir haben ihn erwischt!« rief Sulu triumphierend.

Der Feuerball wuchs und wuchs, als Materie und Antimaterie der Sol-Triebwerke des vernichteten Raumschiffs fusionierten und die Detonationskraft der Wasserstoffmine potenzierten. Das grelle Licht war schmerzhaft, und die Automatik dunkelte den Bildschirm ab.

Im gleichen Moment sprangen die Reaktoren der *Enterprise* an und wurden eine Sekunde später schon auf volle Kraft geschaltet. Das Schiff bebte und zitterte unter dem ungeheuren Schub, und dann wurde die Brückenwache durch einen furchtbaren Stoß zu Boden geschleudert.

»Stationen!« schrie Kirk und sprang wieder auf die Füße. »Schadensmeldungen!«

Das Heulen der Triebwerke, das Stöhnen und Knacken des Schiffsrumpfs waren so laut, daß niemand den Befehl gehört hatte. Aber ein rascher Blick auf die Kontrollanzeigen sagte ihm, daß die wichtigsten Maschinen und Aggregate noch funktionierten. Alles andere war nicht so wichtig.

Die *Enterprise* hatte die ungeheure Belastungsprobe überstanden, wenn auch nur knapp. Die drei Korvetten der Klingonen brauchten mehrere Sekunden, um auf die Vernichtung ihres Führungskreuzers und das Verschwinden der *Enterprise* zu reagieren. Sie waren ebenfalls in den Normalraum zurückgetaucht; aber die wenigen zusätzlichen Sekunden im Sol-Antrieb hatten sie um fast eine Million Kilometer an ihrer Beute vorbeschießen lassen. Nun versuchten sie, in weit geschwungenen Bahnkurven wieder an die *Enterprise* heranzukommen. Ihre harten, verbissenen Manöver verrieten ihre Bestürzung und Überraschung und – wie Kirk seine Klingonen kannte – ihre unbändige Wut.

Die *Enterprise*, die bei Sol-Antrieb so wendig und elegant war, wirkte unter Reaktor-Antrieb plump und ungelenk wie ein Flußpferd; aber sie watschelte brav voran und wurde rasch schneller. Innerhalb weniger Minuten würde sie mitten unter ihren Verfolgern auftauchen.

»Die Klingonen eröffnen das Feuer«, meldete Uhura.

Das war reine Verzweiflung, wußte Kirk. »Kümmern Sie sich nicht darum. – Mr. Sulu, gehen Sie näher an den Gegner heran, und feuern Sie, sobald wir in Schußposition sind. Ich verlange, daß Sie von den drei Schiffen nicht ein einziges Atom übriglassen.«

»Zu Befehl, Sir!« sagte Sulu entschlossen. Hier wurde ihm eine Chance geboten, von der jeder Artillerie-Offizier eines Sternenschiffs träumte, und er war entschlossen, sie zu nutzen.

Als die *Enterprise* auf höhere Geschwindigkeit kam, gehorchte sie auch wieder besser dem Ruder. Hierin unterschied sie sich kaum von den Klipper-Schiffen des neunzehnten Jahrhunderts. Und sie hatte ungeheure Kraftreserven in ihren Reaktor-Triebwerken, die sie jetzt voll ausnutzte. Die Klingonen schienen wie paralysiert, als sie das Schiff jetzt direkt auf sich zuhalten sahen. Aber das war ohne Belang. Selbst wenn die Kommandanten der Korvetten die Situation sofort begriffen und entsprechend reagiert hätten, wäre es ihnen unmöglich gewesen, die drei Schiffe rechtzeitig in Gefechtsformation zu bringen.

Sulus Hände drückten ein halbes Dutzend Schalter. Eine grelle Stichflamme zuckte auf, als alle Phaser-Batterien der *Enterprise* gleichzeitig feuerten. Die Schutzschirme der Korvetten widerstanden dem ungeheuren Aufprall von Energie nur kurze Zeit, dann brachen sie zusammen.

Und in dem Moment gab es auch keine feindlichen Kriegsschiffe mehr, sondern nur noch riesige, hell leuchtende Gaswolken, zwischen denen die *Enterprise* majestätisch segelte wie eine alte spanische Galleone durch Nebelbänke.

»Ein voller Erfolg, Mr. Sulu«, sagte Kirk. »Stellen Sie jetzt die Schäden fest und melden Sie sie dem Ersten Offizier. – Mr. Sulu, nehmen Sie wieder Kurs auf Organia. Geschwindigkeit Sol Drei!«

»Zu Befehl, Sir.«

»Leutnant Uhura, schalten Sie alle Intercomgeräte des Schiffs auf Konferenzschaltung. Ich möchte mit allen leitenden Offizieren eine Besprechung abhalten – einschließlich Spock I.«

»Captain Kirk«, meldete sich Sekunden später die Stimme McCoys. »Ich habe endlich eine Methode gefunden, mit der man feststellen kann, welcher der beiden Spocks die Imitation ist.«

Kirk warf Spock II einen raschen Blick zu, aber der zeigte nicht die geringste Reaktion. Nun, auch das war für Spock charakteristisch, und Kirk hatte nichts anderes erwartet.

»Lassen Sie das für den Augenblick«, sagte Kirk ruhig. »Wir haben jetzt ein viel schwierigeres Problem, und ich möchte, daß *beide* Spocks es hören.«

»Aber, Jim ...!« sagte McCoy entgeistert. »Diese Sache ist doch von äußerster Wichtigkeit!«

»Ich sagte, wir lassen es für den Augenblick. Und jetzt hören Sie zu!«

SPOCKS VOR GERICHT

Aus dem Logbuch des Captains, Sternzeit 4194.4:

Trotz der alarmierenden Warnungen von Spock II erwiesen sich die durch das riskante Manöver eingetretenen Schäden als minimal. Sie bestanden hauptsächlich aus einem unbrauchbar gewordenen Schutzschirm-Generator und mehreren durchgebrannten Stromkreisen von Sensoren. Alle Schäden können ohne Schwierigkeit und in kürzester Frist mit Bordmitteln repariert werden, hat uns Mr. Scott versichert. Zur Zeit scheinen sich keine Schiffe der Klingonen in diesem Raumsektor um Organia zu befinden, und ich werde diese Atempause dazu benutzen, einige anstehende Probleme einer längst fälligen Lösung zuzuführen.

Die noch funktionstüchtigen Sensoren waren auf volle Reichweite geschaltet und mit dem automatischen Flugplan gekoppelt. Die Brückenwache war auf ihren Posten, das Intercom war auf Konferenzschaltung und verband Brücke, Maschinenraum, Bordlazarett, McCoys Laboratorium und den Transporter-Raum miteinander.

Kirk blickte die auf der Brücke anwesenden Offiziere der Reihe nach an, und sein Gesicht war eisig.

»Wir haben eben erst gehandelt und erst dann nachgedacht«,

sagte er. »Und von diesem Vorwurf nehme ich mich selbst nicht aus. Ich mache auch niemandem daraus einen Vorwurf; wir haben schließlich sowohl durch die vorangegangenen Ereignisse an Bord als auch durch die Kriegshandlungen unter einem starken Streß gestanden. Aber jetzt ist es an der Zeit Schlußfolgerungen anzustellen.

Zunächst finde ich das Vorhandensein eines klingonischen Empfangskomitees höchst eigenartig. Ich sehe zwei Erklärungen dafür:

»*Erstens:* Es war eine Falle, in die wir laufen sollten. Dazu aber hätten die Klingonen unsere Pläne kennen müssen, und ich möchte behaupten, daß sie diese Information nur von jemandem bekommen haben können, der sich an Bord der *Enterprise* befindet.

Zweitens: Die Schiffe der Klingonen waren rein zufällig hier stationiert und haben uns bei unserer Entdeckung natürlich sofort angegriffen. Diese Theorie hat jedoch einen Haken: Sie basiert auf einer Hypothese, und ich liebe *ad-hoc*-Vermutungen genausowenig wie Mr. Spock. Aus welchem Grund sollten die Klingonen sechs Schiffe – einen Kreuzer, drei Korvetten und zwei andere Schiffe unbekannter Größe – so weit vom Hauptkriegsschauplatz entfernt stationieren? Wir wissen doch, daß ihre Hauptstreitmacht tief in den Hoheitsraum der Föderation eingedrungen ist. Falls diese sechs Schiffe eine Art taktischer Reserve darstellten, warum waren sie hier stationiert, weit entfernt von jeder klingonischen Basis und so weit abseits vom Hoheitsraum der Föderation, daß sie niemals hätten rechtzeitig eingesetzt werden können, wenn andere Steitkräfte in Bedrängnis gerieten? Das ist für die Klingonen vollkommen uncharakteristisch, und es gibt auch keine andere Erklärung für die Anwesenheit einer so starken Streitmacht in diesem Raum.«

Fast eine Minute lang herrschte Schweigen. Kirks Gesichtsausdruck wurde wieder etwas entspannter. »Falls jemand dazu Stellung nehmen will, so steht es ihm frei.«

»Ich hätte eine dritte Hypothese, Captain«, sagte die Stimme von Spock I.

»Ohne Ihre üblichen Bedingungen?«

»Ohne Bedingungen, Captain. Deren Erfüllung verlange ich nur, wenn ich *völlig* sicher bin. In diesem Fall kann ich Ihnen aber lediglich eine dritte Alternative zu Ihren Theorien anbieten. Hier ist sie:

Es wäre durchaus denkbar, daß die Klingonen den Raum um Organia mit Streitkräften abgedeckt haben, weil sie ihn für eine Achillesferse ihres Hoheitsgebiets halten. Sie wissen vielleicht genausowenig wie wir, was mit dem Planeten geschehen ist; aber sie sind sich völlig darüber im klaren, daß die Organier diesen Krieg sofort beenden würden, wenn sie sich dazu entschließen sollten, von ihrem jetzigen Aufenthaltsort zurückzukehren – wo immer sie sich zur Zeit aufhalten mögen. Noch schlimmer: Da die Klingonen diesen Krieg in flagranter Verletzung des Organianischen Friedensvertrages begonnen haben, würde die Rückkehr der Organier sie, wie man auf der Erde früher sagte, ganz schön in die Klemme bringen.«

»Es gibt keine Flotte, sei es die der Klingonen oder irgendeiner anderen Macht, die stark genug wäre, die Organier daran zu hindern, diesen Krieg zu beenden, wenn sie es wirklich wollten«, sagte Spock II. »Und das wissen die Klingonen sehr genau.«

»Ganz recht«, erwiderte die Stimme von Spock I. »Aber wenn sie *nicht* wissen sollten, was auf Organia geschehen ist – im Gegensatz zu meiner ursprünglichen Annahme, daß sie dafür verantwortlich sind –, würden sie auf jeden Fall zu verhindern suchen, daß irgendein Schiff der Föderation die Situation auf Organia untersucht und eventuell vor ihnen zu einer richtigen Analyse kommt. Das gilt natürlich besonders für ein zur Lösung wissenschaftlicher Aufgaben so gut ausgerüstetes Schiff wie die *Enterprise.* Das wäre meiner Ansicht nach Grund genug, eine größere Anzahl Schiffe in diesem Raum zu stationieren.«

Trotz des Umstandes, daß man jetzt einhundertsiebenundsechzig Tage Zeit gehabt hatte, sich an die Anwesenheit von zwei Spocks an Bord des Raumschiffs zu gewöhnen, lief Kirk noch immer ein kalter Schauer über den Rücken, wenn er die beiden völlig gleich klingenden Stimmen miteinander diskutieren hörte. Es war ihm, als ob er einen schweren Alptraum hätte, von dem er nie mehr erwachen würde. Der leidenschaftslose Tonfall der beiden Stimmen bei dieser Diskussion, die nur mit dem Tod eines der beiden Männer enden konnte, machte die ganze Situation noch unheimlicher.

»Spock I«, sagte Kirk schließlich mühsam, »vor sechs Wochen haben Sie behauptet, genau zu wissen, was auf Organia vorgefallen ist. Jetzt haben Sie Ihre Meinung anscheinend geändert.«

»Überhaupt nicht, Captain. Ich weiß wirklich, was auf Organia vorgefallen ist. Ich habe Ihnen eben lediglich eine weitere Hypothese zur Verursachung dieser Vorgänge genannt und zur Reaktion der Klingonen.«

»Spock II, was halten Sie von dieser Hypothese?«

»Sie hat durchaus ihre Reize«, sagte Spock II. »So erklärt sie zum Beispiel, warum die Klingonen uns nicht sofort angegriffen haben, als wir den ersten Vorstoß in dieses Gebiet unternahmen. Wenn sie uns wirklich eine Falle gestellt hätten, wäre es ihnen ein leichtes gewesen, uns innerhalb von Sekunden mit konzentriertem Feuer zusammenzuschießen. Sie werden sich erinnern, Captain, daß sie auf diesem Gebiet umfassende Erfahrung und Routine besitzen. Als lediglich zu Beobachtungszwecken stationierte Streitmacht aber mußte unser unerwartetes Auftauchen sie überraschen.«

»Ein zweiter ›Reiz‹ dieser Interpretation«, sagte Kirk hart, »liegt natürlich auch in der Tatsache, daß sie keinen Verrat unseres Vorhabens voraussetzt.«

»Darf ich dazu etwas sagen, Captain?« fragte Sulu.

»Bitte, Mr. Sulu.«

»Die Klingonen hatten überhaupt keine Möglichkeit, von unserem Kommen informiert zu sein. Sie konnten unmöglich meinen Kurs vorausbestimmen, nachdem wir das kleine Aufklärungsschiff abgeschüttelt hatten. Und im Normalraum konnten sie unsere Annäherung im Hyperraum natürlich auch nicht wahrnehmen. Stimmt's Uhura?«

»Das ist völlig unmöglich«, stimmte der Nachrichtenoffizier zu.

»Also«, zog Sulu die Schlußfolgerung, *»muß* es sich bei den sechs Schiffen um hier stationierte Einheiten gehandelt haben.«

»Das klingt überaus plausibel«, sagte Kirk. »Aber ich habe den Eindruck, als ob Spock II damit nicht ganz einverstanden ist. Was haben Sie dagegen einzuwenden, Spock II?«

»Es sind nicht nur Einwände, Captain. Mir ist eben eingefallen, was auf Organia geschehen sein muß. Und die Antwort auf diese Frage enthält auch die Lösung des Duplikationsproblems. Wir brauchen uns also nicht mehr länger mit Hypothesen und Theorien herumzuschlagen. Ich muß aber hinzufügen, daß die Lösung die sofortige Tötung des Duplikats notwendig macht, das sich jetzt in McCoys Labor befindet.«

»Und aus welchem Grund?« fragte Kirk gespannt.

»Weil auch das Duplikat – oder Spock I, wenn es Ihnen lieber ist – behauptet, die Lösung zu kennen. Ich weiß natürlich nicht, ob seine Antwort die gleiche ist wie die meine. Ich kann nur hoffen, daß es nicht so ist. Es ist lebensnotwendig, daß er die richtige Lösung nicht kennt oder, falls er sie doch kennen sollte, keine Gelegenheit findet, sein Wissen zu nutzen.«

»Also wollen auch *Sie* mir die Lösung nicht verraten?« fragte Kirk.

»Das ist leider unumgänglich«, sagte Spock II.

»Ich habe allmählich genug von diesen ständigen Erpressungen«, sagte Kirk hart. »Am liebsten würde ich Sie alle beide in den Raum schießen. – Entschuldigen Sie«, setzte er leiser hinzu. »Das ist mir nur so herausgerutscht – Mr. Scott.«

»Ja, Captain.«

»Gibt Ihnen irgend etwas, das Sie eben gehört haben, einen Hinweis auf die physikalische Seite des Problems?«

»Ich sehe da überhaupt keine physikalischen Bezüge, Captain. Tut mir leid.«

»Dr. McCoy, du hast vorhin eine Methode erwähnt, die es ermöglicht, die beiden Spocks voneinander zu unterscheiden. Besteht irgendeine Beziehung zwischen diesem Problem und den anderen?«

»Sehr wahrscheinlich, Captain. Ich kann dir zwar noch nicht sagen, worin diese Beziehungen bestehen; aber ich bin dessen völlig sicher, allein aus biologischen Gründen. Ich bin dessen so sicher, daß ich dir schon jetzt sagen kann, welcher der beiden das Duplikat ist. Es *muß* Spock I sein.«

»Aber du kannst mir nicht sagen, welcher der beiden mir die richtige Antwort auf unser Problem mit Organia geben kann – oder auf das Zustandekommen der Duplikation, nicht wahr?«

»Tut mir leid, Jim. Ich habe wirklich keine Ahnung.«

»Dann hängen wir also nach wie vor in der Luft. Beide Spocks behaupten, die Antwort auf diese Fragen zu kennen; und keiner der beiden will sie mir sagen. Wir müssen also beide Männer bei uns lassen, bis wir herausbekommen haben, was sie uns verschweigen. Aber vielleicht bluffen sie auch nur.«

»Einer von uns beiden«, sagte Spock I, »ist das Original und kann deshalb nicht bluffen, Captain.«

Kirk fuhr sich müde mit der Hand über die Augen. »Ich werde mich später bei dem Überlebenden entschuldigen. Natürlich weiß ich, daß einer von Ihnen beiden die Wahrheit sagt. *Aber welcher?* Der wirkliche Spock muß uns seine Information geben. Das ist seine Pflicht als Offizier. Aber Sie beide verlangen den Tod des anderen als Vorbedingung für die Herausgabe Ihrer Information. Das ist mehr als Erpressung – es ist Anstiftung zum Mord. Ich frage mich jetzt ganz ernsthaft, ob eventuell *keiner* von Ihnen beiden der wirkliche Spock ist.«

Das war wirklich eine erschreckende Vorstellung. Angenommen, der wirkliche Spock wäre bei dem Transporter-Experiment getötet und spurlos vernichtet worden, und alle beide Spocks an Bord der *Enterprise* wären Duplikate? Aber McCoy hatte ja bereits eine definitive Identifizierung angekündigt. Kirk war froh, daß er erst jetzt auf diesen Gedanken gekommen war.

Die Brückenoffiziere hörten dem Dialog schweigend zu, als ob sie Zuschauer des letzten Akts einer griechischen Tragödie wären – und der Vergleich war nicht einmal so unzutreffend.

»Darf ich Sie darauf hinweisen, Captain«, sagte Spock II, »daß wir uns, wie Sie vorhin sehr richtig feststellten, im Kriegszustand befinden? Ich weiß, daß der duplizierte Spock ein feindlicher Agent sein muß und auch ist. Das haben auch Sie festgestellt, als wir beide Ihnen, vor fast sechs Monaten, in meiner Kabine gegenüberstanden. Auf Verrat steht der Tod, und zwar aus sehr gutem Grund, Captain. Er ist keine Strafe – wir wissen alle, daß die Todesstrafe als Abschreckung völlig wirkungslos ist –, sondern der Verräter muß sterben, weil er *aus Überzeugung* auf seiten des Gegners steht und deshalb so lange eine ständige Gefahr darstellt, wie der Gegner ein Gegner bleibt.«

»Das Recht scheint Sie überhaupt nicht zu interessieren«, sagte Kirk. »Sie verlangen von mir den Tod von Spock I, als ob das ein einfaches Tauschgeschäft wäre: sein Tod gegen Ihre Informationen. Es geht hier immerhin um das Leben eines Menschen, und ich denke nicht daran, ihn ohne Gerichtsverhandlung zum Tode zu verurteilen, auch dann nicht, wenn er wirklich ein feindlicher Agent sein sollte.«

»Und welchem Gericht sollten wir diesen Fall unterbreiten?« fragte die Stimme von Spock I. »Es gibt hier an Bord niemanden, der über uns richten könnte.«

»Doch«, sagte McCoy, und seine Stimme klang hart wie Granit, »ich werde über Sie richten. Ich kann die beiden Spocks unterscheiden, und ich weiß, daß ich recht habe. Der Test ist nur noch eine Lappalie. Soll ich dir meine Methode unter vier Augen erklären, Jim, oder jetzt gleich, in aller Öffentlichkeit?«

»Die Angeklagten haben ein Recht, die Beweisführung mitanzuhören. Also, schieß los, Pille, wir haben nicht mehr viel Zeit. Die Klingonen können uns jede Sekunde wieder im Nacken sitzen.«

»Also gut, Captain. – Der Test ist lächerlich einfach: lasse den in meinem Labor verbarrikadierten Spock herauskommen und biete beiden Männern ein normales Menü unserer Bordküche an. Einer der beiden wird es ablehnen; das ist der falsche Spock, und wahrscheinlich auch ein Spion – zumindest potentiell.«

Kirk lehnte sich in seinem Sessel zurück und starrte mit blicklosen Augen vor sich hin. Waren wirklich alle diese schwerwiegenden Probleme, alle persönlichen Konflikte und militärischen Schwierigkeiten, mit zwei Tellern Suppe und zwei Portionen Brathuhn zu lösen? Es war eine unglaubliche Antiklimax, und ein paar Sekunden lang hätte er lieber seine Probleme behalten, als sie mit einer so lächerlich trivialen Methode gelöst. Aber schließlich sagte er: »Bist du wirklich von diesem Test überzeugt?«

»Vollkommen, Captain. Und wenn er fehlschlagen sollte, was ich für unmöglich halte, so ist zumindest nichts verloren.«

Kirk wandte sich an Spock II: »Sind Sie einverstanden?«

»Natürlich«, sagte Spock II ohne Zögern. »Schließlich lebe ich seit Monaten von den Menüs der Bordküche, wie jeder von Ihnen bemerkt haben dürfte. Ich möchte Dr. McCoy zu diesem Test gratulieren, Captain. Er ist elegant, einfach und höchst wirksam. Es ist beschämend, daß ich nicht selbst darauf gekommen bin.«

»Spock I, sind auch Sie einverstanden?«

Keine Antwort.

»Spock I, ich verlange eine Antwort! Ich gebe Ihnen zehn Sekunden Zeit!«

Keine Antwort. Die Sekunden verstrichen.

»Wache! Sofort zwei Soldaten auf die Brücke! Schicken Sie drei weitere Männer zu McCoys Laboratorium. Sie sollen die Tür mit ihren Phasern aufbrennen und den Mann, der sich im Labor aufhält, gefangennehmen. Lebend, wenn möglich. Falls er die Männer angreifen oder bedrohen sollte, sollen sie ihre Waffen gebrauchen.

Spock II drehte sich in seinem Sessel um, als ob er aufstehen wollte. Sofort riß Kirk einen winzigen Phaser aus der Tasche und richtete seine Mündung auf Spock II. Kirks Vorfahren stammten aus dem Westen Amerikas, und er hatte im Sportraum des Schiffes dieses schnelle Ziehen oft geübt. Zum ersten Mal war er froh darüber.

»Bleiben Sie sitzen, mein Freund«, sagte er, »bis die Wachen hier sind. Und ich hoffe sehr, daß Sie wirklich mein Freund sind. Bis ich das aber definitiv weiß, habe ich keinerlei Bedenken, Ihnen einen solchen Betäubungsschuß zu verpassen, daß Sie vor Weihnachten nicht wieder aufwachen – oder vielleicht niemals mehr. Habe ich mich klar genug ausgedrückt?«

»Völlig klar, Captain«, sagte Spock II ruhig. »Eine vollkommen logische Vorsichtsmaßnahme.«

DER MANN IM SPIEGEL

Aus dem Logbuch des Captains, Sternzeit 4194.6:

Wann immer Spock I von dem Gang der Ereignisse überrascht worden war, er hatte dafür gesorgt, daß er einen ausreichenden Vorsprung gewinnen konnte. Als wir die Tür zu McCoys Labor aufgeschweißt hatten, war er verschwunden, offensichtlich durch den Entlüftungsschacht. Im Labor waren keinerlei Schäden festzustellen, außer denen, die wir selbst bei unserem Einbruch verursacht hatten; aber Spock I hatte eine komplexe Apparatur von Röhren, Kolben und anderen Laborgläsern aufgebaut, in der verschiedene Flüssigkeiten immer noch blubberten, schäumten und tropften. Ein Ionen-Austauscher und ein Gegenstromverteiler waren die einzigen Komponenten der Anlage, die ich erkannte. Ich habe verboten, irgend etwas zu berühren, bis Dr. McCoy Gelegenheit findet, sich gründlich damit zu befassen. Aber er behauptet jetzt schon zu wissen, welchem Zweck sie diente.

Es ist sinnlos, nach Spock I zu suchen. Er kennt jeden Kubikzentimeter des Schiffs, einschließlich der riesigen Zwischenrumpfräume, besser als jeder andere Mann an Bord, mit Ausnahme Scotts natürlich. Ich habe mich deshalb darauf beschränkt, eine Wache vor der Kabine von Spock II und vor der meinen aufzustellen sowie auch alle leitenden Offiziere unter den Schutz von Leibwächtern zu stellen. Außerdem werden der Transporter-Raum, das Hangar-Deck, die Passagierräume – zur Zeit unbenutzt und daher ein gutes Versteck –, der Maschinenraum, die Brücke, der Lagerraum, die Lager, das Waffenlager und das Laboratorium bewacht; und falls ich ir-

gendeine wichtige Station vergessen haben sollte, an der er auftauchen könnte, so läßt sich das nicht ändern. Ich habe alle Besatzungsmitglieder zur Wache aufgestellt, die ich irgendwie entbehren kann, ohne die Gefechts- und Operationsfähigkeit der Enterprise *gefährlich zu schwächen.*
Ich habe alle Besatzungsmitglieder, die während des Gefechts Wache hatten, für sechs Stunden schlafen geschickt und Mr. Chekov zum Offizier vom Dienst ernannt. Ich will auch etwas schlafen, wenn ich von der Brücke gehe. Aber vorher will ich noch mit Dr. McCoy reden.

»Die Apparatur im Laboratorium ist der letzte Beweis für die Richtigkeit meiner Vermutungen«, sagte McCoy. »Sie können Spock II wieder vollkommen akzeptieren. Er ist der wirkliche Spock.«

»Was ist das für eine Apparatur?«

»Ein Gerät zur Nahrungssynthese. Er hat die normalen Bordmahlzeiten, die wir ihm geschickt haben, als Grundstoffe verwendet, zusätzlich einiger meiner Reagenzien. Das war auch der Grund, warum er mein Laboratorium als Versteck benutzte – was ihm den zusätzlichen Vorteil bot, die gesamte Einrichtung als Faustpfand benutzen zu können. Er hätte sich überall verstecken können, wenn er nur unbeobachtet essen wollte; aber es gibt keinen anderen Ort an Bord, wo er seine Nahrung selbst zubereiten konnte.«

Kirk war völlig verwirrt. Diese Erklärung sagte ihm überhaupt nichts.

McCoy sah an seinem Gesichtsausdruck, daß er überhaupt nichts verstanden hatte. »Nun gut, ich fange ganz von vorne an«, sagte er. »Obwohl man gar nicht so ohne weiteres sagen kann, wo der Anfang ist. Du erinnerst dich an die Vermutung von Spock II, daß das Duplikat eine Art Spiegelbild des Originals sein müsse. Später haben auch wir beide uns über diese Theorie unterhalten.«

»Und konnten keine Möglichkeit finden, sie zu beweisen«,

sagte Kirk.

»Richtig! – Kurz darauf gab mir Scotty einige Versuchstiere, die er in den Transporter gesteckt hatte. Es gab keinen Zweifel, die dabei zustande gekommenen Duplikate waren spiegelgleiche Nachbildungen. Sie schienen völlig gesund und munter und entwickelten einen gesunden Appetit – aber alle starben innerhalb weniger Tage, wie ich dir damals mitteilte.

Ich habe sie natürlich sofort seziert und konnte lediglich feststellen, daß sie buchstäblich verhungert waren; obwohl sie alle, ohne Ausnahme, fast ununterbrochen gefressen haben. Ich verstand das zunächst nicht. Und, was noch schlimmer war, die Entdeckung schien in keinerlei Beziehung zu den zwei Spocks zu stehen. Denn gleichgültig, wer von den beiden das Duplikat war, er verhungerte nicht.

Ich komme mir ziemlich albern vor, wenn ich mir überlege, daß mir die Antwort auf diese Frage nicht einmal dann einfiel, als Spock I sich in meinem Laboratorium einschloß. Was mir schließlich den Schlüssel des Problems gab, war ein Hinweis auf eine Beobachtung, die du gleich zu Anfang dieser Affäre gemacht hast – und die damals fast bedeutungslos und irrelevant erschien. Du hast mir damals gesagt, daß Spock I bei seiner ersten Unterredung mit dir ein wenig zögernd und unsicher sprach, fast so, als ob er stotterte.«

Kirk dachte nach. »Ja, das stimmt. Aber das hat sich kurz darauf wieder völlig gelegt. Ich glaubte damals, ich hätte es mir nur eingebildet.«

»Ganz und gar nicht. Nur ein Mensch, der eine so eiserne Willenskraft besitzt wie Spock, ist überhaupt in der Lage, es irgendwann wieder zu unterdrücken. Aber daß er es überhaupt gezeigt hat, das war seine Achillesferse. Als Duplikat und Spiegelbild des wirklichen Spock war er Linkshänder, wie wir ganz richtig vermuteten, und er versuchte, dieses Indiz zu verbergen, wie wir ebenfalls vermuteten. Du mußt eines dazu wissen, Jim: Die Händigkeit ist das hervorstechende Symptom dafür, welche Hemisphäre des Gehirns dominierend ist und sein Tun hauptsächlich bestimmt. Es ist eine transversale Beziehung: Wenn die linke Gehirnhälfte dominiert, wie es meistens der Fall ist, dann ist der Mensch ein Rechtshänder – und umgekehrt. Folglich stiftet die ›Umerziehung‹ eines linkshändigen Kindes zur Rechtshändigkeit – in völligem Widerspruch zu den Befehlen, die das Gehirn dieses armen Wurms seinen Muskeln gibt – in seinem Zentralnervensystem eine heillose Verwirrung und ist, unter anderem, die direkte und *einzige* Ursache des habituellen Stotterns. Du hast damals angenommen, daß Spock I aus emotionellen Gründen oder aus Verwirrung stammelte, und das hat dich verwundert. Mit gutem Grund. Aber er hat gestottert, weil er verbergen wollte, *daß* er ein Duplikat war und seine Reflexe noch nicht alle unter Kontrolle hatte.«

»Eine wunderbare deduktive Leistung, Sherlock Holmes«, sagte Kirk. »Aber ich sehe noch immer keinen Zusammenhang zwischen diesen Dingen und der Nahrungssynthese.«

»Weil ich noch nicht soweit bin. Ich brauche dir sicher nicht zu erklären, wie wichtig die verschiedenen Aminosäuren für die Ernährung sind – sie bilden die Bausteine des Proteins. Was du aber nicht wissen kannst, ist, daß jede Aminosäure zwei Molekularformen hat. Wenn man ein reines Amino kristallisiert, Aspargin zum Beispiel, und einen polarisierten Lichtstrahl durch das Kristall schickt, so wird dieser Strahl entweder nach links oder nach rechts abgelenkt, wenn er aus dem Kristall austritt. Die levulorotatorische Form lenkt den Strahl nach links ab, die dextrorotatorische nach rechts. Der Körper nimmt aber nur die levulorotatorische Molekularform der Aminosäuren auf, mit der anderen kann der Organismus überhaupt nichts anfangen.

Und augenscheinlich hat sich die spiegelgleiche Umkehrung des Duplikats – Spock I also – bis in die molekulare Struktur seines Organismus hinein ausgewirkt. Die Nahrung, die wir haben müssen, ist für ihn nicht verwertbar; und die, die er braucht, kann er nicht aus unserer Nahrung beziehen.

Aber das war noch nicht alles. Er sah sich nicht nur dem Hungertod ausgesetzt – genau wie meine Versuchskaninchen –, ohne Rücksicht darauf, wieviel er essen mochte, sondern es bestand auch die Gefahr, daß sein Zentralnervensystem durch unsere Nahrung vergiftet werden würde. Aus verständlichen Gründen hat noch kein Mensch versucht, sich ausschließlich von Nahrungsmitteln zu ernähren, die aus reversierten Aminosäuren bestehen; also kann man auch nicht mit Bestimmtheit sagen, ob sie nicht auch auf die höheren Gehirnfunktionen mit der Zeit vergiftend wirken. Spock I wollte dieses Risiko auf keinen Fall eingehen. Er fastete einfach ein paar Tage lang, bis er eine plausible Ausrede fand, um sich im Labor zu verbarrikadieren. Als Halbvulkanier konnte er ohne Schwierigkeit einige Tage ohne Nahrung auskommen, und er fastete so unauffällig, daß selbst Christine nichts davon merkte. Und dann...«

»Dann baute er sich eine Apparatur, um alle achtundzwanzig Aminosäuren selbst herstellen zu können«, sagte Kirk. »Wirklich eine unglaubliche Leistung.«

»Nein. Das hätte selbst Spock nicht geschafft. Mein Labor war auch nicht dafür eingerichtet. Aber zum Glück für ihn sind nur acht der Aminosäuren für die Ernährung absolut notwendig. Die restlichen können vom Körper selbst synthetisiert werden. Aber selbst das war eine beachtliche Leistung, das muß ich zugeben.«

»Und er ist noch nicht einmal fertig. – Gut, Pille, gib Scotty einen vollständigen Bericht über diese Sache.«

»Den habe ich bereits auf Band gesprochen. Ich wollte nur vorher mit dir reden.«

»Sehr gut. Das hast du jetzt getan. – Könntest du dir auch vorstellen, wo sich Spock I jetzt verborgen hält?«

»Nein. Auch psychologisch muß das Duplikat in der falschen Richtung verdreht sein.«

Kirk nickte müde. »Du hast heute schon ein Wunder vollbracht«, sagte er. »Ich kann von dir nicht zwei an einem Tag verlangen. Ich gratuliere dir, Pille.«

»Danke. Und was wirst du jetzt tun, Jim?«

»Ich werde jetzt vor allem in meine Kabine gehen und schlafen. Ich denke, es ist der *Enterprise* nützlicher, wenn ich eine Zeitlang auf dem Rücken liege – anstatt auf den Beinen zu sein.«

»Ich bin froh, daß du es selbst einsiehst«, sagte McCoy ernst. »Ich hätte es dir sonst verordnen müssen.«

Kirk hatte höchstens drei Stunden geschlafen, als das Schrillen der Alarmglocke ihn aufschreckte.

»Mr. Chekov!« rief er ins Intercom. »Was ist los?«

»Spock I«, antwortete Chekovs Stimme. »Er ist gerade im Lager gesehen worden. Ich habe alle Wachen dorthin beordert.«

»Widerrufen Sie den Befehl«, sagte Kirk, sofort hellwach. »Lassen Sie nur die Maschinendecks durchsuchen.Alle anderen Wachen bleiben auf ihren Posten.«

»Jawohl, Sir. Kommen Sie auf die Brücke?«

»Sofort!«

Aber Spock I hatte den Zeitpunkt des Zuschlagens sehr sorgfältig gewählt. Sein kurzes Auftauchen im Lager war offensichtlich nur ein Ablenkungsmanöver gewesen, denn kaum hatte Chekov die anderen Wachen alarmiert und dort zusammengezogen, als die Leuchtdioden auf der Brücke anzeigten, daß eins der riesigen Schleusentore des Hangars manuell geöffnet wurde. Und bevor man sie wieder auf Automatik umschalten und schließen konnte, schoß einer der sechs kleinen Raumgleiter mit höchster Beschleunigung hinaus.

»Traktor!« rief Kirk.

»Wirkungslos, Captain«, meldete Chekov. »Er hat eben den Sol-Antrieb eingeschaltet.«

Aber wir haben doch keinen Gleiter mit Sol-Antrieb! überlegte Kirk.

»Ab wie der Teufel«, sagte McCoy, der gerade noch rechtzeitig auf die Brücke gekommen war, um das Ende des Fiaskos mitzuerleben.

»Glaubst du wirklich, daß wir ihn los sind?« fragte Kirk zweifelnd. »Ich bin nicht davon überzeugt.«

»Ich auch nicht«, setzte Spock II hinzu.

»Leutnant Uhura, behalten Sie den Gleiter im Sensorenstrahl und überwachen Sie möglichen Funkverkehr. Falls er versuchen sollte, sich mit den Klingonen in Verbindung zu setzen, stören Sie den Verkehr. Rudergänger, schicken Sie ihm eine Rakete mit Suchkopf nach. Aber zünden Sie erst auf meinen Befehl. Mr. Spock, versuchen Sie, den Gleiter durch Fernlenkung zum Schiff zurückzubringen – aber wenn es Ihnen gelingt, *lassen Sie ihn nicht herein!«*

Er machte eine kurze Pause, dann fuhr er fort: »Diese Operation war eine unglaubliche Pleite. Und ich bin daran genauso schuld wie alle anderen. Aber von jetzt an wird sich das ändern, verstanden?«

Niemand antwortete. Aber er wußte trotzdem, daß sie ihn verstanden hatten.

EIN SCHOTTISCHES URTEIL

Aus dem Logbuch des Captains, Sternzeit 4196.2:

Späte Einsicht ist kaum von Nutzen, wie die Geschichte lehrt; aber es scheint jetzt völlig logisch, daß Spock I das Hangar-Deck als sein zweites Versteck wählen mußte. Das Deck ist nicht nur so groß wie ein Fußballplatz und relativ schlecht beleuchtet, sondern wir benutzen es auch kaum, weil wir alles, wofür wir früher den Gleiter benutzt haben, heute viel bequemer und schneller mit dem Transporter-System durchführen können. Außerdem bietet selbst ein so kleines Fahrzeug wie ein siebensitziger Raumgleiter zahlreiche Verstecke und Nischen, in denen sich ein Mensch verbergen kann, ebenso enthält jeder Trinkwasser und Nahrungsmittel. Dr. McCoy hat mir erklärt, daß Spock I die Kohlenhydrate der eisernen Rationen durchaus verwenden konnte, da Kohlenhydrate keine zweite, spiegelbildliche Molekularform besitzen. Aber darauf sind wir erst gekommen, als es schon zu spät war. Einen Spock zum Feind zu haben, ist eine äußerst gefährliche Situation.

Unsere Sensoren und der Kurs der verfolgenden Ra-

kete deuten darauf hin, daß Spock I – falls er sich wirklich an Bord des Gleiters befinden sollte – direkt auf Organia zusteuert. Die Gründe dafür können wir nur erraten. Eine andere ungelöste Frage ist, wie es Spock I gelingen konnte, den Reaktor-Antrieb des Gleiters in so kurzer Zeit in einen Sol-Antrieb umzubauen. Er hatte darüber hinaus keine Anti-Materie zur Verfügung. Aber das ist ein Problem, das Mr. Scott lösen muß. Es mag eines Tages für die Föderation von größter Bedeutung sein; aber für uns ist es in der jetzigen Situation kaum von Wichtigkeit.

»Ich habe eine Antwort«, sagte Scott.

Er war zusammen mit Dr. McCoy und dem verbliebenen der beiden Spocks in Kirks Kabine. Die *Enterprise* befand sich noch immer in einer Kreisbahn um den Planeten Organia, und die Mannschaft war nach wie vor auf Gefechtsstation. Bis jetzt hatten sich noch keine weiteren Schiffe der Klingonen blicken lassen; aber es konnte nicht mehr lange dauern. Kirk erwartete zumindest ein Schlachtschiff der Sternen-Klasse in Begleitung mehrerer Kreuzer und kleinerer Einheiten. Gegen eine solche Übermacht konnte die *Enterprise* höchstens einen tapferen, aber aussichtslosen Kampf liefern. Das Ende war unabwendbar.

Und noch immer keine Nachricht vom Oberkommando der Sternflotte, weder in Eurisch, noch in konventionellem Code, noch in einer anderen Sprache.

»Eine Antwort, Scotty? Auf das Sol-Antriebsproblem? – Sprechen Sie Ihren Bericht auf Band! Wir haben im Augenblick Wichtigeres zu tun.«

»Das mit dem Triebwerk ist nicht schwierig, Captain, und das habe ich auch schon herausbekommen. Aber ich meine, ich habe eine Antwort auf die Frage, was mit Organia passiert ist – und mit unserem Mr. Spock.«

»Das ist etwas anderes. Schießen Sie los!«

»Es ist nicht ganz einfach, Captain...«

»Das habe ich auch nicht erwartet. Nun reden Sie schon!«

»Zu Befehl, Captain. Zumindest scheint meine Lösung mit der von Dr. McCoy übereinzustimmen. Um es ganz einfach zu sagen: Wenn man sich einem spiegelgleichen Duplikat gegenübersieht, so muß man doch logischerweise annehmen, daß es irgendwo auch wirklich einen Spiegel geben muß. Und Dr. McCoy hat, glaube ich, zweifelsfrei bewiesen, daß der zweite Mr. Spock ein perfektes Spiegelbild des Originals ist, und zwar bis in seine Molekularstruktur hinein.«

Der Chef-Ingenieur machte eine kurze Pause. Dann fuhr er fort: »Nachdem ich Dr. McCoys Bericht über die andersartigen Aminosäuren erhalten hatte, führte ich seine Erkenntnisse hypothetisch weiter: Ich nahm an, daß der Spiegeleffekt sich bis hinunter zu den Elementarteilchen erstreckt, aus dem Zeit, Energie und Materie im Raum-Zeit-Kontinuum bestehen. Warum auch nicht? Das Universum ist äußerst kompliziert, aber doch konsequent aufgebaut. Schließlich sind Parität, Händigkeit, Gerichtetheit und so weiter nicht auf eine einzige Schicht beschränkt. Die extrem feine Struktur des Universums weist tatsächlich einen entschiedenen Rechtsdrall auf, um es sehr grob und vereinfacht auszudrükken. Wenn dem nicht so wäre, dann wäre zum Beispiel ein Phänomen wie das der Polarisation unmöglich, und selbst unsere Phaser-Waffen würden nicht funktionieren.«

»Das wissen wir doch, Scotty«, sagte Kirk geduldig. »Sagen Sie uns jetzt, was das mit *unserem* Problem zu tun hat.«

»Dazu komme ich jetzt, Captain. Sehen Sie, das Similacrum unseres Ersten Offiziers wurde in Form von Tachyonen, also elektrischen Signalen, die ein zur normalen Richtung tendierendes Objekt repräsentierten, nach Organia geschickt. Richtig? – Also gut. Aber als wir die Tür des Zylinders öffneten, befand sich darin nicht nur unser wirklicher Erster Offizier, sondern daneben ein zweites Exemplar, ein Duplikat, das aus spiegelbildlich gerichteten Partikeln bestand. Wie konnte es überhaupt dazu kommen?

Ich habe darauf nur eine einzige Antwort gefunden, die im physikalischen Sinn logisch ist. Unser Signal ist in Form von Tachyonen ausgesandt worden, und diese sind auf ihrem Weg nach Organia auf ein Objekt gestoßen, das als ein perfekter, kohärenter

Reflektor auf sie wirkte. Die Signale wurden von dem Reflektor vollständig und in einwandfreiem physikalischen Zustand, also unverzerrt, zurückgeworfen – genau wie ein Radarstrahl –, und unser modifizierter Transporter hat die reflektierten Signale programmgemäß wieder zu normalen Nuklearteilchen rekonstituiert – *aber natürlich spiegelverkehrt*.

Woraus aber könnte nun dieser Spiegel bestehen? Offensichtlich muß er irgendwie mit dem Planeten Organia in Verbindung stehen. Und wir haben inzwischen entdeckt, daß Organia von einer Art Deflektor-Schirm oder einem ähnlichen Energiefeld umgeben ist. Wenn *das* nicht der Spiegel ist, den wir suchen, wo sollen wir ihn sonst finden?«

Das war offensichtlich die rhetorischste aller rhetorischen Fragen.

»Sprechen Sie weiter, Scotty«, sagte Kirk geduldig.

»Ich bin am Ende angelangt, Captain«, sagte Scott. »Was die Organier – oder auch die Klingonen – damit bezwecken, einen ganzen Planeten mit einem Tachyonen-Reflektorfeld zu umgeben, kann ich mir nicht vorstellen. Also habe ich die Frage an Dr. McCoy und Mr. Spock weitergereicht.«

»Wer will den Anfang machen?« fragte Kirk. Trotz der ernsten Situation konnte er ein amüsiertes Lächeln nicht unterdrücken.

»Ich«, sagte McCoy. »Dazu möchte ich gleich sagen, daß ich weniger von Tachyonen weiß als Scotty über polymorphonukleare Leukozyten. Aber ich bin Psychologe, und wir alle haben festgestellt, daß der derzeitige Zustand auf Organia unerklärliche und schwere geistige Effekte hervorruft. Und diese Effekte stoßen uns, als denkende Wesen, emotionell genauso sicher und wirksam ab wie Scottys nichtdenkende Elementarteilchen.«

»Seien Sie nicht so sicher, daß Elektronen nicht denken können«, murmelte Scott.

»Ich komme gleich darauf zurück, Scotty, wenn Sie mir etwas Zeit dazu lassen. Aber zuerst etwas anderes, wir haben von Anfang an vermutet, diese emotionell abstoßende Wirkung sei beabsichtigt gewesen; mit anderen Worten: Die Organier wollten aus irgendeinem Grund keine Besucher auf ihrem Planeten haben und machten das allen, die in ihre Nähe kamen, auf unmißverständliche Weise klar. Nehmen wir die Hypothese einmal als richtig an, dann erhebt sich die Frage: Was war eher da, die Henne oder das Ei? Mit anderen Worten: Welches war der eigentliche *psychologische* Grund für diese Abschirmung? Wenn sie hauptsächlich Tachyonen reflektieren sollte, so konnten ihre psychologischen Effekte sehr wohl eine zufällige Nebenwirkung darstellen. Falls sie aber vor allem Menschen abstoßen sollte, so konnte die Reflektion von Tachyonen zufällig sein – oder eine Nebenwirkung.

All das bringt mir wieder zu Bewußtsein, daß wir zwar die Elementarteilchen der Materie und der Energie und das Gesetz der Schwerkraft kennen und sogar – wie mir Scotty erklärt hat – das Chronon, die kleinstmögliche Zeiteinheit, identifiziert haben, aber keine Ahnung von der elementaren Einheit des Bewußtseins haben. Wir kennen nicht einmal die Geschwindigkeit unseres Denkens.«

»Wirklich nicht?«, sagte Kirk überrascht.

»Nein, Jim. Man kennt zwar die Geschwindigkeit, mit der sich elektrische Impulse im Nervensystem fortbewegen – und die ist ziemlich gering –, aber Gedanken sind doch etwas ganz anderes. Überleg doch einmal, daß wir uns jederzeit in Sekundenbruchteilen ein Ereignis aus unserer frühen Kindheit – als Jahrzehnte in der Zeit entfernt – ins Gedächtnis zurückrufen oder aber über unendliche räumliche Entfernungen hinweg an eine explodierende Galaxis am äußersten Rand des bekannten Universums denken können. Und das sind nur sehr grobe Beispiele. Falls es wirklich ein Elementarteilchen des Denkens geben sollte, so könnte es sehr gut *das Tachyon* sein.

Selbstverständlich waren es meine Überlegungen über das Bewußtseinsproblem in Relation zur Arbeitsweise des Transporters, die an diesem Durcheinander schuld sind, von Anfang an. Aber allmählich erkannte ich, daß alles irgendwie zusammenpaßte. Es gab jedoch immer noch ein logisches Problem, das ich nicht lösen konnte, und so gab ich es an Mr. Spock II weiter.«

»Allmählich frage ich mich, wozu ich überhaupt einen Kopf habe«, sagte Kirk leise. »Und nicht zum ersten Mal. – Bitte, Mr.

Spock II, fahren Sie fort!«

»Sir«, begann Spock II förmlich, »ich konnte diesen Komplex nicht als ein reines Problem formeller Logik betrachten, weil zu viele seiner Elemente immer noch hypothetisch sind – trotz der äußerst konsequenten Denkmodelle, die Dr. McCoy und Mr. Scott aufgestellt haben.

Dennoch gibt es ein zentrales logisches Problem: Wem würde eine Gedankenabschirmung um den Planeten Organia nutzen? Keinem von uns fällt auch nur ein einziger Grund ein, warum die Organier selbst so eine Abschirmung wünschen sollten. Aber für die Klingonen hätte sie klar erkennbare und sehr wesentliche Vorteile. Der weitaus wichtigste ist, daß die Abschirmung die Organier – die ja reine Gedankenenergiefelder sind – auf ihrem Planeten gefangenhält und sie daran hindert, Vorgänge außerhalb ihres Planeten wahrzunehmen und darauf einzuwirken. Außerdem verhindert sie auch jeden Kontakt von außen. Das Energiefeld übt, wie wir erlebt haben, eine starke Wirkung auf die Emotion aus und löst einen abstoßenden Effekt aus...«

»Es löst Entsetzen aus, würde ich sagen«, meinte McCoy.

»... und auf kurze Entfernung scheint es sogar jeden *Gedanken* an Organia zu verhindern, und man hat nur noch die Vorstellung eines absolut toten Planeten«, fuhr Spock II fort. »Daraus ist zu schließen, daß diese Abschirmung höchstwahrscheinlich von den Klingonen installiert worden ist. Außerdem ist es sehr wohl möglich, wenn auch noch nicht beweisbar, daß diese Abschirmung die einzige neue Waffe der Klingonen darstellt und sie unmittelbar zum Bruch des Vertrags und zu diesem Krieg gegen die Föderation ermutigt hat. Das wäre auch die Erklärung für die Anwesenheit mehrerer Schiffseinheiten in diesem Raumsektor. Sie wollten natürlich unter allen Umständen verhindern, daß irgend jemand die Situation auf Organia untersucht oder auch nur versteht, warum sie für sie so wichtig ist. Allerdings scheint diese neue Waffe noch nicht ganz ausgereift und differenziert zu sein. Man kann sie vermutlich nur generell, mit großer Breitenwirkung, anwenden; denn sonst würden die Klingonen sie auch im Kampf gegen unsere Schiffe einsetzen und mit ihr einen taktischen Vorteil erzielen können.

Sie wären aber durchaus in der Lage, ein ähnliches Kraftfeld um die Erde zu legen, wenn sie nur nahe genug herankommen könnten. Wir wissen noch nicht, wie man sich fühlt, wenn man *unter* diesem Schirm leben muß; aber das invertierte Quadratgesetz läßt darauf schließen, daß die Wirkung unter dem Schirmfeld noch weitaus stärker ist als außerhalb davon. Mit einer Abschirmung der Erde könnten die Klingonen den Krieg gewinnen – und die gesamte Menschheit ausrotten oder versklaven.«

Die unerwartete Miltonsche Redewendung in Spocks II präziser Formulierung machte die furchtbare Vorstellung noch lebendiger.

Kirk sagte grimmig: »Ich glaube nicht, daß die Sternflotte sie so nahe an die Erde herankommen lassen wird; aber der Vulkan wird vielleicht nicht ganz so gut verteidigt. – Nun, wir haben immerhin schon sechs klingonische Kriegsschiffe vernichtet, und wir können, wie von Anfang an geplant, noch eine Menge Schaden in ihren rückwärtigen Basen anrichten, falls wir den Quadranten von Organia verlassen können, bevor neue Flotteneinheiten der Klingonen hier eintreffen . Aber ich will gar nicht fort von hier. Es wäre viel wichtiger, meine ich, direkt zum Kern der Dinge vorzustoßen und nachzusehen, ob wir da wieder Ordnung schaffen können. Ist das möglich?«

»Ich glaube schon«, sagte Scott. »Diese Abschirmung reflektiert Tachyonen, und zwar, soweit ich es beurteilen kann, *ausschließlich* Tachyonen. Wir sind jetzt innerhalb der normalen Transporter-Reichweite von Organia, also benötigen wir meinen Tachyonen-Konverter nicht mehr. Wir haben damit ohnehin bisher nur Pech gehabt. Wir könnten uns jetzt jederzeit auf den Planeten beamen lassen, uns ein paar Organier einfangen und ihnen erzählen, was alles passiert ist, seit sie sich von den Klingonen im Schlaf überraschen ließen.«

»Und was haben wir davon, solange sie immer noch von dem Kraftfeld gefangengehalten werden?« fragte McCoy. »Beamen kann man sie nicht – zu ihrem Glück, möchte ich fast sagen.«

»Endlich mal ein Vorteil für uns arme Kreaturen, die noch aus

Materie bestehen. Wir brauchen Maschinen, um unsere Materie zu manipulieren, und wir wissen, wie man solche Maschinen herstellt und anwendet. Wenn die Organier uns helfen, kann ich vielleicht die Apparatur der Klingonen finden, die die Energie für diese Abschirmung liefert, und sie außer Betrieb setzen. Oder, falls das nicht möglich sein sollte, können wir vielleicht einen eigenen Generator bauen und damit das Energiefeld neutralisieren. Das ist etwas, das den Organiern trotz aller Macht unmöglich ist, oder sie hätten es längst getan.«

»Sind Sie sicher, daß Sie sowas schaffen, Scotty?«

»Nein, Captain, sicher bin ich nicht. Aber ich werde es versuchen.«

»Das genügt mir«, sagte Kirk. »Wir treten gleich wieder in eine Umlaufbahn um den Planeten ein und müssen sehen, wie wir mit den emotionellen Effekten fertig werden. Ich werde der Besatzung durch Uhura Bescheid geben lassen, und Dr. McCoy soll den Leuten psychologische Hilfe geben, falls sie gebraucht wird. Mr. Spock II, Sie kommen mit mir und Mr. Scott auf... Nein, warten Sie! Wir haben noch immer keine Gewißheit, daß sich Spock I nicht noch immer an Bord befindet, und ich denke nicht daran, ihm das Schiff zu überlassen.«

»Ich kann Ihnen versichern, daß er von Bord ist, Captain«, sagte Spock II. »Ich weiß nicht genau, wo er ist; aber er muß sehr weit von der *Enterprise* entfernt sein – mindestens zwei astronomische Einheiten weit.«

»Woher wollen Sie das wissen?«

»Tut mir leid, Captain; aber allein die Art des Wissens hindert mich daran, es Ihnen zu sagen, jedenfalls vorläufig. Trotzdem bin ich völlig sicher.«

Kirk fühlte wieder eine Regung seines Mißtrauens, aber er unterdrückte sie rasch. Die Beweise zugunsten von Spock II waren mehr als überzeugend, und Kirk mußte sich mit den verbleibenden kleinen Verdachtsmomenten einfach abfinden. Seine Nerven waren in den vergangenen Wochen mehr als strapaziert worden.

»Gut. Dann sind also unsere derzeitigen Aufgaben, die Wirkungen der Abschirmung so lange zu ertragen, bis wir die Organier und den Generator der Klingonen gefunden haben, und Scott jede erforderliche technische und logistische Unterstützung zu geben, damit er den Schirm beseitigen kann, bevor die Klingonen auftauchen oder Spock I sein Vorhaben, was immer das sein mag, zu Ende führen kann. Einverstanden?«

Die Männer nickten.

»Dann werde ich Sulu während unserer Abwesenheit das Kommando übergeben, mit den gleichen Anordnungen, die auch bei unserer ersten Expedition auf Organia galten. Seine Aufgabe ist die Sicherheit des Schiffs, nicht die unsere. Falls Schiffe der Klingonen in diesem Quadranten auftauchen sollten, dann muß er uns unserem Schicksal überlassen und unter allen Umständen die *Enterprise* in Sicherheit bringen – oder zumindest in die Reichweite einer Sternbasis. Auf jeden Fall müssen wir uns *sehr* beeilen.«

»Captain«, sagte Spock II, »es gibt da noch eine weitere Schwierigkeit – potentiell zumindest.«

»Und welche?«

»Ich habe bereits darauf hingewiesen, daß die emotionellen Effekte unterhalb des Schirmes eventuell um ein Vielfaches größer sein könnten als außerhalb. Es besteht also durchaus die Gefahr, daß keiner von uns in dieser Situation mehr handlungsfähig bleibt. Wir könnten sogar den Verstand verlieren.«

»Das habe ich durchaus begriffen. Und das ist einer der Gründe, warum ich Sie dabeihaben will – abgesehen von der Tatsache, daß nur Sie und ich einige der Organier persönlich kennen. Ich zähle darauf, daß die vulkanische Hälfte Ihres Verstands vielleicht dem Druck lange genug widerstehen kann, um unsere Aufgabe zu Ende zu führen, falls Mr. Scott und ich ausfallen sollten.«

»Ich rufe Captain Kirk«, tönte Uhuras Stimme aus dem Intercom.

»Hier Kirk. Leutnant, was ist?«

»Sir, wir haben endlich eine Antwort vom Oberkommando der Sternflotte. Wir haben Befehl, beide Erste Offiziere in Arrest zu nehmen, bis sie auf der Erde von Experten untersucht werden können. Außerdem sollen wir sofort zur Hauptflotte der Föderation stoßen und unterwegs im Imperium der Klingonen möglichst viel Schaden anrichten, ohne die Sicherheit der *Enterprise* mehr als notwendig zu gefährden.«

Nun, Punkt eins des Befehls war inzwischen überholt. Aber sonst? Befehl ist nun mal Befehl. – Oder?

»Leutnant Uhura, in welchem Code ist der Befehl durchgekommen?«

»In Eurisch, Sir; und in äußerst schwierigem Eurisch – in der sogenannten Dalton-Version.«

»Wie sicher sind Sie, alles richtig verstanden zu haben?«

»Ich kann Ihnen natürlich keine wortwörtliche Übersetzung davon geben, Captain. Aber ich denke doch, daß meine Interpretation ziemlich exakt ist, falls nicht irgendwelche Worte auf dem Funkweg verstümmelt wurden.«

»Das reicht mir nicht. Ich kann es mir nicht leisten, einen Befehl auszuführen, wenn Sie nicht *absolut* sicher sind, den *genauen* Wortlaut dieses Befehls wiedergeben zu können. Haben Sie verstanden, Leutnant?«

»Vollkommen, Captain«, sagte Uhura, und man glaubte, sie verstohlen kichern zu hören. »Ich verlange noch einmal Durchgabe der Nachricht, möglichst ohne Statik. Uhura Ende.«

»Also gut, Scotty. Sie bringen den Transporter wieder in Ordnung, packen Werkzeuge und Geräte ein, und dann geht es los.«

Der Chef-Ingenieur nickte und verließ den Raum.

Kirk fuhr fort: »Pille, versuch bitte, ob du vielleicht irgendein Mittel findest, das die emotionellen Effekte der Abschirmung ein wenig mildert. Ich glaube, du kannst auch diese merkwürdige Apparatur in deinem Laboratorium abbauen. Aber laß die Demontage in allen Phasen aufzeichnen. Wir brauchen die Aufnahmen vielleicht für eine Untersuchung des Zwischenfalls.«

»Wird gemacht, Jim.«

Auch er verließ die Kabine, und jetzt waren Kirk und der Erste Offizier allein. Kirk blickte ihn ein wenig erstaunt an.

»Ich habe angenommen, daß meine Befehle klar und deutlich waren. Geben Sie sie an Mr. Sulu weiter und sorgen Sie dafür, daß alles bereit ist, sobald Mr. Scott den Transporter wieder instand gesetzt hat.«

»Ja, Sir.« Aber der Erste Offizier zögerte noch immer. »Darf ich Ihnen noch eine Frage stellen?«

»Bitte.«

»Warum sprechen Sie mich immer noch als ›Spock II‹ an? Haben Sie immer noch irgendwelche Zweifel an meiner Identität? Solche Zweifel würden sich bei der bevorstehenden Mission sehr ungünstig sowohl auf Ihre als auch auf meine Leistung auswirken.«

»Ich habe keinerlei Zweifel mehr«, sagte Kirk in freundschaftlichem Ton. »Aber es gibt noch immer einen zweiten Spock, oder besser gesagt einen Pseudo-Spock, irgendwo in diesem Bereich. Und solange dieser Mann am Leben ist, muß ich Sie beide numerieren, und sei es nur, um mich ständig daran zu erinnern, daß das Problem der beiden Spocks noch längst nicht völlig gelöst wurde – und solange das nicht der Fall ist, solange wir nicht wissen, was Spock I eigentlich vorhat, stehen wir nach wie vor im Schatten des Unbekannten.«

»Ich verstehe«, sagte Spock II. »Eine sehr wirkungsvolle mnemotechnische Hilfe.«

Sein Gesicht und seine Stimme waren ausdruckslos wie immer; aber irgend etwas verriet Kirk dennoch, daß ihm die Erklärung wohlgetan hatte.

DER ALPTRAUM

Aus dem Logbuch des Captains, Sternzeit 4198.0:

Die sehr genaue Analyse unserer derzeitigen Situation durch die Herren Scott, McCoy und Spock II sowie Leutnant Uhuras Reaktion und sofortiges Verständnis für die Notwendigkeit einer genauen, unmißverständlichen Wiedergabe der Befehle vom Oberkommando der Sternflotte sind ein Beweis dafür, daß sowohl die Moral als auch die Leistung der leitenden Offiziere wieder ihr normales Niveau erreicht hat. Es wurde auch höchste Zeit, denn wir befinden uns nach wie vor im Krieg und sehen uns zumindest aus drei Richtungen bedroht, und die Verantwortung für die Beendigung dieses Kriegs liegt allein auf unseren Schultern. Das Sternflotten-Kommando hat die von Spock II aufgestellte Analyse der klingonischen Strategie anscheinend unbeachtet gelassen, weil man dort nach wie vor mit der Möglichkeit rechnet, daß er das Duplikat sein könnte – und die Föderation verliert deshalb nach wie vor Schlachten.

Mr. Scott und sein Stab haben den Haupttransporter wieder in seinen ursprünglichen Zustand gebracht, und wir bereiten uns auf den geplanten Besuch des Planeten Organia vor. Von dieser Stunde an bis zu meiner Rückkehr an Bord wird Mr. Sulu dieses Logbuch führen.

Es dauerte nur knapp zwei Stunden, um die *Enterprise* in eine weite Umlaufbahn um Organia zu bringen. Aber selbst auf die Distanz maximaler Transporter-Reichweite war der emotionelle Effekt der Abschirmung auf Offiziere und Mannschaften so unerträglich, daß man eine Gewöhnungszeit von achtundvierzig Stunden brauchte, bis die Leute ihre Aufgaben auch nur einigermaßen erfüllen konnten. Und selbst das wäre nicht möglich gewesen, wenn nicht McCoy – ganz im Gegensatz zu seinen sonstigen Gewohnheiten – allen Leuten große Mengen von Tranquilizern und antidepressiven Medikamenten in den Kreislauf gepumpt hätte. Spock II weigerte sich, sie zu nehmen; aber für die anderen waren sie absolut notwendig.

Noch waren keine klingonischen Schiffe in der Nähe; aber intensiver Funkverkehr im Hyperraum verriet, daß sie bereits unterwegs waren.

Kirk, Scott und Spock II betraten, wie vorgesehen, den Transporterraum, und ihre Gestalten lösten sich über den Plattformen in einem silbrig-flirrenden Funkengestöber auf. Der leitende Offizier des Transporters hatte die gleichen Koordinaten eingestellt, die er auch schon für Kirks ersten Besuch auf dem Planeten verwendet hatte.

Damals hatten sie den Eindruck gehabt, sich in einem englischen Dorf des vierzehnten Jahrhunderts zu befinden. Sie hatten strohgedeckte Häuser, Ochsenkarren und Menschen in selbstgewebter Kleidung gesehen. Hinter dem Dorf hatte sich eine große, halb verfallene Burg – so massiv wie Caernarvon – erhoben. In diesem Dorf hatte sich auch das Haus des Ältestenrats der Organier befunden. Aber das alles war, wie sie später feststellen konnten, lediglich eine Illusion gewesen, die die Organier zum Gefallen ihrer Besucher und zur Bewahrung des eigenen Friedens hypnotisch hervorgerufen hatten.

Jetzt aber war nichts mehr da, was auch nur im entferntesten noch an das Dorf erinnerte. Die drei Offiziere der *Enterprise* materialisierten inmitten einer riesigen Stein- und Geröllwüste, die sich von Horizont zu Horizont zu erstrecken schien. Der Himmel über ihnen war dunkelgrau, und nicht einmal ein hellerer Fleck verriet ihnen, an welcher Stelle die Sonne Organias stehen mochte. Die Luft war reglos, aber sehr dünn und schneidend kalt. Auf Kirk wirkte diese Öde äußerst niederdrückend. Er hatte den Eindruck, auf einem Planeten zu sein, auf dem selbst das letzte Insekt, das letzte Fleckchen Moos schon vor Millionen Jahren gestorben waren.

Und das konnte sogar richtig sein; Organias Sonne war ein Stern der ersten Generation, und die Organier selbst waren evolutionär so weit fortgeschritten, daß sie sich schon von jeder Körperlichkeit gelöst und von physischen Bedürfnissen unabhängig gemacht hatten, bevor die Erde entstanden war. Was die psychische Bedrükkung betraf, so konnte sie sehr wohl eine Folge der Abschirmung sein, unter der sie sich nun aufhielten. Wenn es wirklich so war, so stellte sie sich als überraschend erträglich heraus, wenn sie auch unangenehm war.

Kirk bestätigte ihre Ankunft bei Leutnant Uhura und wandte sich an seine beiden Begleiter.

»Es hätte schlimmer sein können«, sagte er. »Ich habe den Eindruck, daß der Effekt hier weniger stark ist als außerhalb des Schirmfeldes. Wie fühlen Sie sich?«

»Unter aller Kritik«, sagte Scott düster. »Aber Sie haben völlig recht, Captain, es ist längst nicht so schlimm, wie ich befürchtet hatte. Nur, wie soll es nun weitergehen? Ich sehe hier nichts außer Steinen – und mein Tricorder meldet auch nicht die geringste elektromagnetische Strahlung. Alles tot.«

Spock II machte eine langsame Kreisbewegung mit seinem eigenen Tricorder.

»Nichts«, stimmte er zu. »Aber bei unserem ersten Besuch war das Ratsgebäude genau 2,2 Kilometer nord-nordwestlich von hier. Und da ich keinen Grund sehe, in eine andere Richtung zu gehen, schlage ich vor, wir gehen jetzt dorthin und sehen nach, ob die Organier vielleicht eine Markierung oder einen anderen Hinweis auf ihren jetzigen Aufenthaltsort hinterlassen haben.«

»Wo sollte ein reines Gedankenwesen sich denn aufhalten?« sagte Scott. »Aber Sie haben recht, was sollen wir sonst tun?«

Kirk nickte, machte einen Schritt in die angegebene Richtung und – taumelte in einen Alptraum.

Die felsige Wüste schwankte und zerfloß, als ob sie nur eine dünne Schicht auf der Oberfläche eines tiefen Morasts gewesen wäre, und dann verschwand sie völlig. Dicht vor Kirk hob sich ein monströses Objekt aus dem Moor; es hatte eine dunkelgrüne, glänzende Oberfläche, war so groß wie ein Elefant und zweifellos lebendig. Kirk konnte jedoch nicht sagen, ob es ein Tier oder eine Pflanze war. Es hatte keinen Kopf und schien ausschließlich aus dicken, plumpen Tentakeln – oder Schößlingen – zu bestehen, die irgendwie, ohne erkennbaren Sinn, zusammengesteckt waren und langsam zuckten und tasteten. Ein Teil der Anatomie dieses wie willkürlich zusammengestückelten Monsters wurde von einer Holzkrücke gestützt, einem Gerät, das Kirk bisher nur einmal in seinem Leben in einem Museum gesehen hatte.

Das Monster sah nicht gefährlich aus – nur irgendwie obszön –, aber Kirk riß trotzdem sicherheitshalber sein Handphaser heraus. Im gleichen Augenblick stießen die ungelenken Bewegungen des

Monsters die Krücke um, und die Gestalt zerfloß in eine sich langsam ausbreitende Pfütze, wie verschütteter heißer Teer.

Dahinter sah Kirk jetzt einen unendlich langen, mit Muschelschalen übersäten Sandstrand, der an einer Seite von dem blauen Meer, auf der anderen von Kreidefelsen begrenzt wurde. Eine strahlende Sonne stand am Himmel, und das Klima wirkte plötzlich mediterran. Außer ihm war niemand mehr da, wenn man von der zerfließenden Gestalt des Monsters absah und von einigen weißen Punkten am Himmel, die er für Möwen hielt.

»Mr. Spock!« schrie er. »Scotty!«

Zwei Tentakel hoben sich aus der grünen, zähflüssigen Pfütze, wurden dicker und bildeten zwei kürbisförmige Auswüchse an ihren Enden. Eigenartige Furchen formten sich auf der Oberfläche der Kürbisse, als drohten die Früchte zu platzen. Wollte das Monster etwa Samen ausstreuen?

Plötzlich verschwand die helle Sonne vom Himmel, und die Landschaft wurde wieder grau und farblos. Nur die beiden Tentakel mit den zerfurchten Kürbissen stachen aus dem Grau hervor und verwandelten sich in Spock II und Scott.

»Wo haben Sie denn gesteckt?« fragte Kirk heiser. »Haben Sie auch gesehen, was ich eben erlebt habe?«

»Ich bezweifle es, Captain«, sagte Spock II. »Erzählen Sie, was Sie gesehen haben.«

»Ich befand mich in einer Landschaft, die man für die Südküste Spaniens hätte halten können. Vor mir war irgendein biologisches Objekt, und ich fragte mich gerade, ob ich darauf schießen sollte oder nicht, als ich ihre Namen rief. Es verwandelte sich im gleichen Augenblick in Sie beide, und die Landschaft verschwand.«

»Hatten Sie auch ein emotionelles Erlebnis dabei, Captain?«

»Ja, jetzt wo Sie es sagen, fällt es mir ein. Ich hatte das dumpfe Gefühl, daß irgend etwas Schreckliches passieren würde, aber ich konnte nicht sagen, was. Wie in einem Alptraum, sage ich Ihnen. – Und was war mit Ihnen, Scotty?«

»Ich habe keine Monster gesehen«, sagte Scott. »Alles um mich herum verwandelte sich plötzlich in Linien, schwarz auf weiß. Es war ein elektrischer Schaltplan, erkannte ich, und sogar ein sehr alter, weil noch Symbole für Vakuumröhren eingezeichnet waren. Und ich war ein Teil des Schaltkreises. Ich konnte mich ja nicht rühren. Und ich hatte das Gefühl, wenn irgend jemand den Regler noch ein wenig weiter aufdrehte, würde ich ausbrennen wie eine alte Röhre. Ich hatte gerade entdeckt, daß alle Röhrensymbole Karikaturen von Gesichtern waren, als ich Sie meinen Namen rufen hörte, Captain, und plötzlich war ich wieder hier.«

»Ich habe überhaupt keine Veränderungen wahrgenommen«, berichtete Spock II, »und keiner von Ihnen ist wirklich verschwunden. Sie sind nur stehengeblieben. Dann haben Sie, Captain, Ihren Handphaser herausgerissen und gerufen. Offensichtlich sind das Reaktionen, die durch die Abschirmung hervorgerufen werden, und ich bin dagegen etwas widerstandsfähiger als Sie, genau wie wir vermutet haben. Sagen Sie mir, Captain, sind Sie jemals an der südspanischen Küste gewesen?«

»Ja. Ich habe dort einmal als Kadett einen Urlaub verbracht.«

»Und Mr. Scott hat als Student sicher irgendwann über einer veralteten Schaltkreisskizze gebrütet. Anscheinend müssen wir mit Halluzinationen rechnen, die aus unserer Erinnerung projiziert werden. Dieses Wissen könnte uns vielleicht helfen, besser mit ihnen fertig zu werden.«

Der Nebel hob sich abrupt, und um sie erstreckte sich wieder die unendliche, öde Steinwüste.

»Sind wir eigentlich überhaupt vorwärtsgekommen?« fragte Kirk.

Spock II blickte auf seinen Tricorder. »Vielleicht fünf oder sechs Meter«, sagte er. »Aber ich bezweifle, daß wir wirklich so weit gegangen sind.«

»Wenn es so weitergeht, haben wir noch einen verdammt langen Weg vor uns.«

Doch als er den nächsten Schritt machte, kehrte der Alptraum zurück…

Er befand sich mitten in einem Dschungel primitiver Maschinen. Hammerwerke dröhnten ohrenbetäubend auf nichts, Kolben kreischten, als ob ihre Lager völlig eingerostet wären, Dampfwolken zischten in die heiße, nach Öl stinkende Luft, riesige Zahnräder griffen knirschend ineinander, Schwungräder sausten, Transmissionsriemen flappten, Exzenter tanzten, tausend Achsen drehten sich winselnd und pfeifend, und irgendwo schien eine dicke Panzerplatte zu hauchdünnem Blech gehämmert zu werden. Darüber erstreckte sich ein bleifarbenes Dach, von dem jeder Laut verstärkt zurückgeworfen wurde. Die Szene war die ultimative Metapher für einen apokalyptischen Kopfschmerz.

Und wieder gab es außer ihm keinen anderen Menschen in der Nähe – und auch diesmal kein Zeichen von anderem Leben.

Kirk konnte sich nicht vorstellen, aus welchem früheren Erlebnis diese mechanische Hölle entstammen könnte, aber der mörderische Lärm machte jedes zusammenhängende Denken unmöglich. Er war nicht nur betäubend, sondern lag dicht unterhalb der letalen Schwelle. Er konnte weiter nichts tun, als sich unter Aufbietung aller Energie dazu zu zwingen, wieder einen Schritt vorwärts zu tun...

Platsch!

Er schwamm um sein Leben in einer eiskalten, pechschwarzen See, unter dem unheimlich flackernden Licht unzähliger Blitze. Riesige Brecher schäumten über ihn hinweg, und der peitschende Orkan stank nach Seetang, Formaldehyd und Kaffee. Aber trotz der Kälte des Wassers war es in seinem Raumanzug heiß, und er schwitzte.

Das Gefühl für die Irrealität des Erlebnisses war überaus stark, und nach einiger Zeit erkannte er, wo er war: in einem Delirium, das er einmal gehabt hatte, als er während der Ausbildung auf Vega an Rickettsial-Fieber erkrankt war. Der Geruch war der der Medizin, die man ihm damals verabreicht hatte, eine lokale Droge, das einzige, was die Kolonisten ihm gegen die Krankheit anbieten konnten. Trotzdem, sie hatte ihm geholfen.

Der nächste Brecher schleuderte ihn empor, und durch das Heulen des Sturms hörte er ein dumpfes Donnern: Brandung! Und jetzt sah er auch, schon sehr nah, wie die riesigen Wellen gegen schwarze, zerklüftete Felsen tosten. Illusion oder nicht, Kirk wußte, daß er nicht lebend an Land kommen konnte. Aber auch die größten physischen Anstrengungen konnten ihn nicht davor bewahren, unrettbar in die Brandung gezogen zu werden. Er schwamm doch schon mit aller Kraft! Wie konnte er…

Geschafft!

Kirk hatte den Atem angehalten, eine Portion Wasser geschluckt, und sofort berührten seine Füße den Boden. Und Sekunden später stand er, völlig trocken, wieder im grauen Licht der Steinwüste.

Er war noch immer allein, und diesmal half auch das Rufen nichts. Er hakte den Kommunikator vom Gürtel und schaltete ihn ein. Auch das Gerät war völlig trocken. Aber darum hatte er sich keine Sorgen gemacht; es war völlig wasserdicht, sogar gasdicht.

»Mr. Spock, Mr. Scott, bitte melden Sie sich!«

Keine Antwort.

»Kirk *an Enterprise!*«

»Hier Uhura, Captain«, kam die Antwort aus dem Gerät.

»Können Sie auf ihrem Suchschirm die Positionen von Spock und Scott ausmachen?«

»Aber sie müssen sich doch unmittelbar neben Ihnen befinden, Captain!«

»Ich kann sie nicht sehen, und sie melden sich auch nicht auf meine Anrufe. Rufen Sie doch einmal die beiden an, Leutnant.«

»Sofort.« Und nach ein paar Sekunden sagte sie verwundert: »Sie haben sich sofort gemeldet, Captain. Aber sie scheinen Sie ebenfalls weder sehen noch hören zu können.«

»Nichts zu machen, fürchte ich«, sagte er. »Haben sich schon Klingonen blicken lassen?«

»Noch nicht, Sir. Aber der ganze Hyperraum ist voller Störgeräusche. Das ist meistens ihr Eröffnungszug, kurz bevor sie angreifen.«

»Mr. Sulu weiß, was er zu tun hat. Halten Sie mich auf dem laufenden. Kirk. Ende!«

Er biß die Zähne zusammen und trat wieder einen Schritt vor.

Der Fels zerbröckelte zu rötlichem Lehm, und rings um ihn wuchsen die schon bekannten Häuser und Hütten des mittelalterlichen Dorfes aus dem Boden. Aber es war verwüstet und verlassen. Alle Gebäude trugen Brand- und Rauchspuren. Und die Burg im Hintergrund sah aus, als ob sie unter Beschuß gelegen hätte. Ein Schädel grinste ihm aus dem langen braunen Gras entgegen, und aus einer unendlich weiten Entfernung kam ein Laut, der wie das Heulen eines hungrigen Wolfes klang. Die ganze Szene wirkte wie nach einer Belagerung im Dreißigjährigen Krieg.

Trotzdem, das konnte einen Schritt nach vorn bedeuten. Es war dem alten Organia ähnlicher als alles andere, was er bisher gesehen hatte, und das konnte bedeuten, daß er dem Ziel allmählich näher kam. Ob es ihm etwas nützen würde, das Dorf ohne seinen Chef-Ingenieur erreicht zu haben, der allein jetzt den Schlüssel des Problems in den Händen hielt, konnte er nicht wissen. Er konnte nur hoffen, daß Scotty irgendwie den Weg durch seine eigenen Halluzinationen finden würde. Scotty war hartnäckig und skeptisch; auch das mochte ihm dabei helfen. Aber warum er jetzt auch noch unsichtbar war...?

»Spielt keine Rolle«, murmelte er trotzig. »Eins nach dem anderen. Noch ein Schritt...«

Der einzige permanente Aspekt der Landschaft, in der er sich befand, war jetzt der ständige Wechsel. Durch dichte, fließende Nebelschwaden sah er gelegentlich ein Objekt auftauchen, nur um sich kurz darauf, bevor er es identifizieren konnte, zu etwas anderem, gleicherweise Vagem zu verwandeln. Die Nebel waren vielfarbig und behinderten zwar kaum die Sicht, zerstörten aber jede Perspektive, und ein eigenartiger Duft, der Kirk irgendwie an Weihrauch erinnerte, stieg aus ihnen auf.

Vorsichtig ging er weiter. Die Szene blieb, wie sie war, und er begann zu vermuten, daß diese Halluzination permanent war. Während er weiterging, die Hände in den vielfarbigen Nebel vorgestreckt, traf er auf etwas, was er nur als eine Art Gefühlsausstrahler bezeichnen konnte; unsichtbar, aber doch deutlich spürbar. Er hörte Murmeln kaum vernehmbarer Stimmen, dazwischen

Fetzen von Musik, und fast alle diese Empfindungen waren unangenehm.

Wie lange sie andauerten, konnte er nicht sagen. Und er wußte auch nicht mehr, in welche Richtung er ging. Vielleicht bewegte er sich im Kreis. Schließlich aber löste sich einer der dunklen Umrisse, die vor ihm auftauchten, nicht auf, als er näherkam. Die Gestalt wurde rasch deutlicher, und dann erkannte er seinen Ersten Offizier.

»Wie kommen Sie denn hierher?«

»Ich bin die ganze Zeit hiergewesen, in der realen Welt sozusagen. Aber ich konnte Sie nicht erreichen, weil Sie sich im Zustand der Halluzination befanden. Ich war gezwungen, meine Gedanken mit den Ihren zu verschmelzen und an Ihren Halluzinationen teilzunehmen.«

»Gezwungen?«

»Durch die Umstände. Sie sind in die falsche Richtung gegangen, Captain.«

»Das habe ich fast befürchtet. Gehen wir.«

»Hier entlang.«

Der Erste Offizier ging voran. Dabei wurde seine Gestalt eigenartig verzerrt. Es kam Kirk vor, als sähe er ihn gleichzeitig von hinten und im Profil. Die Szenerie um ihn herum erstarrte zu prismatischen, irregulären Polygonen reiner Farbe, und alle Bewegung hörte auf.

»Mr. Spock?«

Keine Antwort. Kirk blickte die schweigende, reglose Gestalt aufmerksam an. Irgend etwas schien mit ihm nicht zu stimmen, ganz abgesehen von der Verzerrung seiner Gestalt, aber er wußte nicht, was es war.

Und dann plötzlich sah er es.

An der rechten Hand Spocks steckte Kirks Akademie-Ring!

Kirk riß den Kommunikator heraus.

»Leutnant Uhura! Hier Kirk. Spock I ist plötzlich neben mir aufgetaucht, und er scheint mit der Situation hier bedeutend besser fertig zu werden als ich. Sagen Sie dem diensthabenden Offizier im Transporter-Raum, er soll uns beide sofort an Bord holen, den

Kerl packen und einsperren und mich sofort wieder zurückbeamen.«

»Das geht leider nicht, Captain«, sagte Uhuras Stimme. »Wir sind eben von einem ganzen Geschwader der Klingonen angegriffen worden und haben alle Schutzschilde aktiviert. Ich fürchte, wir müssen ausreißen, Captain – falls Sie Ihren geltenden Befehl nicht doch widerrufen wollen.«

»Mein Befehl«, sagte Kirk, »bleibt aufrecht.«

DAS DUELL DER TRÄUME

Aus dem Logbuch des Captains, Sternzeit 4200.9:

Die Flotte der Klingonen besteht aus zwei Schlachtschiffen, zwei Kreuzern und zehn Zerstörern – ziemlich viel Aufwand, um ein einziges Sternenschiff zu stellen. Es ist aber eine in unmittelbarer Nähe eines Planeten überaus schwierig zu manövrierende Flotte, und unter anderen Umständen wäre ich versucht, einfach in der Umlaufbahn zu bleiben und den Kampf anzunehmen. Captain Kirks Befehl zwingt mich jedoch dazu, mich zurückzuziehen, falls der Gegner uns waffentechnisch überlegen sein sollte. Und daran besteht nicht der geringste Zweifel. Deshalb haben wir jetzt mit Sol-Faktor Vier Kurs auf Sternbasis 28 genommen. Die beiden Schlachtschiffe könnten uns bei dieser Geschwindigkeit natürlich einholen, aber sie versuchen es nicht einmal, und das legt die Vermutung nahe, daß man uns in eine Falle locken will. Falls das so ist, finden wir bei dieser Operation zumindest einen guten Teil der klingonischen Flotte; das ist gut für die Föderation, wenn auch nicht gut für uns.

Die picassohafte Illusion blieb aufrechterhalten, und Kirk machte keine Bewegung, die sie vielleicht zerstören könnte.

Er brauchte Zeit zum Nachdenken. Der Akademie-Ring verriet ihm mehrere Tatsachen: Spock war zu intelligent und zu erfahren, um ein so verräterisches Zeichen zu übersehen. Und Kirk konnte auch nicht glauben, daß der Pseudo-Spock einer so schwerwiegenden Nachlässigkeit fähig war. Wenn das doch der Fall war, und wenn er selbst jetzt nichts davon zu merken schien, so war das ein Zeichen dafür, daß die Abschirmung auch *sein* Denken beeinflußte – wenn auch nicht so stark wie das Kirks, so doch mehr, als er selbst bemerkte.

Hatte auch dieses Stillstehen der Zeit in dieser Halluzination irgendeinen Einfluß auf ihn? Falls das der Fall sein sollte, konnte Kirk rasch die Waffe herausreißen und ihn betäuben, bevor die Illusion verging. Aber das würde die Frage, warum Spock I überhaupt hier aufgetaucht war, unbeantwortet lassen. Der Grund dafür war offensichtlich, Kirk in die Irre zu führen – was wiederum darauf hindeutete, daß er den Aufenthaltsort der Organier kannte oder zumindest einen Ort, wo man etwas tun konnte, das den Klingonen Schaden zufügte. Warum sollte er nicht auf das Spiel eingehen und herausfinden, was es war?

Es war das Risiko wert, entschied Kirk. Aber er mußte schnell machen, der geistige Verfall würde wahrscheinlich immer rascher vor sich gehen, und selbst zu seinen besten Zeiten war es ihm nie gelungen, Spock im logischen Denken zu schlagen.

Er stapfte weiter. Die Szenerie zitterte und bebte, als ob jemand die Leinwand schüttelte, auf die sie gemalt worden war, und dann riß die Leinwand mitten entzwei. Plötzlich und ohne einen Laut.

Und er war wieder in der endlosen Steinwüste...

...und sah sich wieder zwei Spocks gegenüber.

Die beiden Männer, das Original und das Duplikat, schienen Kirk überhaupt nicht zu bemerken. Sie standen einander gegenüber wie Revolverhelden des alten Wilden Westens, obwohl keiner von ihnen zu wissen schien, daß er eine Waffe trug, und natürlich erst recht nicht beabsichtigte, sie zu ziehen. Sie standen sich nur gegenüber und starrten einander an. Die Gesichter waren sich so täuschend ähnlich, und doch...

»Es ist gut, daß wir uns noch einmal treffen«, sagte Spock II schließlich. »Ihre Existenz und Ihre Intrigen sind ein Verstoß gegen das Naturgesetz und für mich eine Belastung. Es ist höchste Zeit, sie zu Ende zu bringen.«

»Meine Existenz«, sagte Spock I, »ist eine glückliche und notwendige Umkehrung einer höchst unzulänglichen ersten Versuchsskizze. Und wenn etwas eliminiert werden muß, so sind es die flüchtig hingekritzelten Entwürfe, nicht das ausgereifte Werkstück. Trotzdem könnte man diese Entscheidung dem Richtspruch der Zeit überlassen, wenn die ganze Situation nicht darauf drängen würde. Vielleicht kann auch ein so roh gearbeitetes erstes Modell wie Sie das verstehen.«

»Der wirkliche Gelehrte«, sagte Spock II, »schätzt alle Entwürfe, die frühen genauso wie die späteren. Aber ihre literarische Metapher ist alles andere als klar und schon gar nicht überzeugend.«

»Dann muß ich noch deutlicher werden: Ich habe Art und Ursache der Abschirmung dieses Planeten lange vor Ihnen erkannt. Außerdem habe ich mir seit dem Verlassen der *Enterprise* zusätzliche Informationen von den Klingonen beschafft. Deshalb beherrsche ich die Situation hier jetzt vollständig. Sie würden durch eine Auflehnung gegen mich lediglich Ihre eigene Vernichtung herbeiführen. Kurz gesagt: Wenn Sie wirklich Wert auf Ihre unbedeutende, fossile Existenz legen sollten, wäre der einzige logische Schritt, dieses Schirmfeld so rasch wie nur möglich zu verlassen, um sich für Ihre Föderation und die kurze Lebensdauer, die ihr die Geschichte noch zugesteht, zu erhalten.«

Während des Streitgesprächs hatte sich der Himmel über ihnen rasch verdunkelt.

»Historische Ereignisse lassen sich niemals in vollem Umfang voraussagen«, sagte Spock II. »Und wenn Sie die Situation hier wirklich so vollkommen beherrschen würden, wie Sie behaupten, würden Sie jetzt Ihre Zeit nicht mit fruchtlosen Debatten verschwenden. Sie hätten mich logischerweise sofort und ohne Zögern eliminiert.«

»Gut«, sagte Spock I ruhig. Und während er sprach, verschwand alles. Der Himmel wurde stockdunkel.

Und dann wurde er genauso plötzlich wieder hell, und im blaugrünen Licht eines Blitzes stand Spock II von Flammen umhüllt wie ein Märtyrer auf dem Scheiterhaufen.

Der Schock und die gewaltige Schockwelle des Blitzes warfen Kirk zu Boden und schleuderten ihn meterweit über das scharfkantige Geröll.

Mit schmerzenden, zitternden Gliedern stemmte er sich auf die Knie und griff nach seinem Phaser. Verwundert entdeckte er, daß Spock II immer noch reglos an derselben Stelle stand – oder besser gesagt: eine Statue von Spock II, die aus glühendem Messing zu bestehen schien und sich nur langsam abkühlte. Kirk hatte erwartet, nur noch eine zusammengeschrumpfte, verkohlte Leiche zu sehen – aber er war nicht sicher, ob das nicht besser gewesen wäre als dieser Anblick.

Und dann sprach die Statue.

»Sind keine Steine im Himmel als die, mit denen der Donner erzeugt wird?« zitierte sie ironisch. »Sie sehen, ich stehe fest auf der Erde. Aber Sie...«

Das Duplikat, von dem allmählich verglimmenden Licht, das das Original ausstrahlte, geisterhaft beleuchtet, versank plötzlich in einem stinkenden Morast. Eine Welle zähen Schlamms, die langsam heranrollte, war gerade im Begriff, seinen Kopf zu überfluten, als plötzlich ein heftiger Regen aus dem schwarzen Himmel herabstürzte. Es war nicht nur ein Wolkenbruch, es war ein Wasserfall. Kirk sah einen Augenblick lang, wie der Morast aus dem Gesicht von Spock I geschwemmt wurde, dann erlosch das matte Glühen, das Spock II ausstrahlte mit scharfem Zischen unter dem Wasserguß. Eine Sekunde später wurde er von den Wassermassen gepackt und mitgerissen.

Der Himmel hellte sich wieder auf; aber noch immer stürzte der Regen herab, und die tosenden Wassermassen wurden zu einem reißenden Strom, an dessen schmutzig-brauner Oberfläche die verschiedensten Gegenstände schwammen: zerbrochene Planken, zerfetztes Papier, Teile von Möbeln, Flaschen und Konservendosen und die durchnäßten Körper von Tieren von fast allen Planeten der Galaxis – Kaninchen, Hühner, Skopolamander, Tribbles, Unipeds, Gormenghastlies, Ores, Tnucipen, Beademungen, Escollopolypen, Wogs, Reepicheeps, ein ganzer Zoo ertrunkener Tiere, darunter eine Anzahl, die so obszön und abstoßend wirkten, daß selbst Kirk, trotz all seiner Erfahrung in extraterrestrischer Biologie, sie kaum noch ansehen konnte.

Er suchte nach Spock II und fand ihn ein Stück stromabwärts, wo er verzweifelt versuchte, in einer Art improvisiertem Kajak gegen die reißende Strömung anzupaddeln. Aber anscheinend war seine Erinnerung an die Konstruktion von Kajaks vom Einfluß der Abschirmung verzerrt worden, oder aber es war schwieriger, als er erwartet hatte, sich in den reißenden Wassern zu behaupten, denn er schien den Kampf zu verlieren.

Er brauchte seine ganze Kraft dazu, ein Kentern des kleinen Segeltuchfahrzeugs zu verhindern, und wurde dabei immer weiter abgetrieben.

Stromauf stand ein riesiger, breitkroniger Baum mitten im reißenden Strom, und auf einem der unteren Äste saß Spock I, voller Schlamm, aber sicher und bequem. Kirk klammerte sich an einem Felsblock fest, um nicht von den immer höher steigenden Wassermassen umgerissen zu werden. Als er einigermaßen feststand, richtete er seinen Handphaser auf Spock I. Aber bevor er abdrükken konnte, sackte der Baum in sich zusammen, als ob er innerhalb einer Sekunde von Mehltau und Fäulnis zerstört worden wäre – und Spock I fiel in einer Kaskade vergilbter Blätter und brechender Zweige in den Fluß.

Im gleichen Moment hörte der Regen auf, eine grelle Sonne brach aus den Wolken, und das Wasser versickerte spurlos im weißen Sand einer endlosen Wüste. Spock I war völlig unverletzt, doch Kirk erkannte sofort – auf Grund jahrelanger Erfahrung mit dem Original –, daß er am Ende war.

Spock I mußte das im gleichen Augenblick bemerkt haben, denn sofort fuhr der Trichter eines gewaltigen Zyklons aus dem Himmel und raste heulend über den Sand der Wüste – aber nicht auf

Spock II zu, sondern auf Kirk. Das war ein sehr geschickter Zug, mußte Kirk widerstrebend anerkennen, denn Spock II konnte dem Captain nicht zu Hilfe kommen, ohne sich selbst zu gefährden.

Kirk glaubte, jetzt zumindest einige der Gesetze dieses Spiels zu kennen. Alles, was die beiden Gegner bisher unternommen hatten, lief essentiell auf eine Veränderung der Umgebung hinaus. Anscheinend waren ihre Fähigkeiten, ihre eigenen physischen Strukturen zu verändern oder sich mit irgendwelchen Waffen zu versorgen, überaus beschränkt. Aber auch Kirks Verstand, der über diese telepathisch-hypnotischen Fähigkeiten der Halbvulkanier nicht verfügte, fühlte jetzt den Einfluß der Abschirmung. Jetzt endlich war er wieder zu Reaktionen fähig.

Er konzentrierte seine ganze Kraft darauf, den Zyklon zurückzuschieben. Langsam kam der Trichter zum Halt, und die tobende, heulende Windhose stand genau mitten zwischen den beiden Spocks. Dann, ganz langsam und allmählich senkte sie sich, wurde breiter und schloß die beiden Männer schließlich ein.

Kirk sah, wie Spock I von ihr emporgerissen und in immer weiter werdenden Kreisen zum Himmel hinaufgewirbelt wurde. Und dann hatte der Mahlstrom auch ihn erfaßt, und alles versank in einem Wirbel von Staub, Sand und Dunkel. Eine Ewigkeit lang spürte Kirk nichts als das Heulen des Wirbelsturmes, fühlte die glühende Hitze und die scharfen Stiche der sturmgepeitschten Sandkörner.

Allmählich aber wurde das Heulen leiser, als ob sich der Sturm immer weiter fortbewege. Und dann wurde die Luft wieder klar, und er stand wie zuvor mitten in der Steinwüste, und Scott und Spock standen neben ihm.

Scott wirkte verwirrt, Spock völlig ruhig. Kirk warf einen raschen Blick auf die rechte Hand seines Ersten Offiziers. Kein Ring. Das war ein unumstößlicher Beweis. Wenn Spock I schon vorher, als er sich noch überlegen fühlte, nicht daran gedacht hatte, den Ring abzuziehen, so war er im nachfolgenden Durcheinander der Kämpfe und Pseudo-Ereignisse bestimmt nicht dazu gekommen.

»Mr. Spock«, sagte Kirk. »Was ist passiert? Wo ist der andere?«

»Tot«, antwortete Spock. »Ich habe die von ihm selbst hervorgerufene Illusion eines Tornados dazu benutzt, ihn gegen die Gedankenabschirmung zu schleudern. Er war von Anfang an ein Geschöpf dieser Abschirmung und wußte, daß er eine zweite Spiegelung nicht überleben würde.«

»Gut. – Aber ich verstehe immer noch nicht, wie Sie es geschafft haben. Der Tornado hat doch längst nicht bis zur Abschirmung hinaufgereicht. So weit reicht ja nicht einmal die Atmosphäre.«

»Das stimmt, Captain. Aber Sie müssen sich immer vor Augen halten, daß nichts von dem, was Sie in der letzten Stunde erlebt zu haben glauben, wirklich geschehen ist. Wahrscheinlich habe ich viele der Ereignisse dieser letzten Stunde völlig anders gesehen als Sie. Es war ein Kampf der Illusionen, ein Duell der Träume – und zuletzt *glaubte* Spock I, in die Abschirmung hinaufgewirbelt worden zu sein. Und das genügte.«

Kirk runzelte die Stirn. »Kann ein Mensch denn allein durch den Glauben getötet werden?«

»Das passiert jeden Tag«, sagte Spock ernst.

»Ja, da haben Sie recht«, nickte Kirk. »Nun *finis opus coronat*, wie mein Lateinlehrer zu sagen pflegte, wenn er die Zensuren verteilte. – Und jetzt sollten wir weitergehen. Ich frage mich nur, wohin?«

»Zur Halle des Ältestenrats«, sagte Spock. »Und wenn ich mich nicht sehr täusche, liegt sie genau hinter Ihnen.«

DIE STAHLHÖHLE

Aus dem Logbuch des Captains, Sternzeit 4201.6:

Meine Vermutungen haben sich leider bewahrheitet; wir werden in eine Falle gelockt. Die Sensoren zeigen an, daß vor uns eine ganze Armada schwerer Schiffe in Form eines nach uns hin geöffneten Halb-

kreises wartet; und unsere Verfolger haben jetzt ebenfalls Halbkreisformation eingenommen. Wir befinden uns also in der Mitte eines sich schließenden Kreises; eine höchst ungemütliche Lage, gelinde ausgedrückt.
Die ganze Besatzung ist auf Gefechtsstation. Bevor die Klingonen die Enterprise *zerstört haben, werden sie wünschen, uns lieber kampflos durchgelassen zu haben. Das wird Captain Kirk stolz machen, falls er noch am Leben sein sollte. Ich werde dieses Logbuch kurz vor Beginn der Schlacht in einer Boje in den Raum schießen.*

Es stimmte. Sie standen plötzlich wieder mitten in diesem mittelalterlichen Dorf, und seine Häuser waren keine ausgebrannten Ruinen mehr, sondern alles war wieder genauso, wie Kirk es in Erinnerung hatte – einschließlich der Menschen und einschließlich deren Gleichgültigkeit gegenüber dem plötzlichen Auftauchen von drei Sternenschiff-Offizieren in voller Uniform, die er bei seinem ersten Besuch so unerklärlich gefunden hatte. Jetzt wußte Kirk, daß auch das Dorf und seine Menschen nur Illusion waren, denn die Organier besaßen keine Körper und brauchten folglich auch keine Behausungen. Aber da es sich hier – im Gegensatz zu den eben überstandenen – um Illusionen handelte, die von den Organiern selbst hervorgerufen wurden, wirkten sie entschieden beruhigender.

»Sie sind immer noch hier, Mr. Spock.«

»Sieht so aus, Captain. Wollen wir hineingehen?«

»Dazu sind wir ja hier.«

Sie betraten das Gebäude, das ihnen einmal als Tagungshalle des Ältestenrates bezeichnet worden war. Auch hier war alles genauso, wie Kirk es in Erinnerung hatte. Der Raum bestand aus schmucklosen weiß getünchten Steinwänden und war lediglich mit einem einfachen Tisch und roh gezimmerten Stühlen möbliert.

Die zwölf Mitglieder des Ältestenrates saßen um den Tisch. Sie waren bescheiden gekleidete weißbärtige Männer, die fast wie Karikaturen paternaler Gottesdarstellungen wirkten. Drei von ihnen erkannte Kirk sofort wieder.

»Mr. Ayelborne«, sagte er höflich, »Mr. Claymare und Mr. Trefayne. Wir freuen uns, Sie wiederzusehen. Erinnern Sie sich noch an mich?«

»Aber natürlich, Captain Kirk«, sagte Ayelborne und streckte ihm die Hand entgegen. »Und auch an Mr. Spock, Ihren nicht-irdischen Freund. Aber Ihren zweiten Begleiter haben wir noch nicht kennengelernt.«

»Das ist Mr. Scott, mein Chef-Ingenieur. Er ist der eigentliche Grund unseres Hierseins, in unserem wie auch in Ihrem Interesse.

Aber vorher, Sir, möchte ich gerne von Ihnen erfahren, was Sie über die derzeitige Situation wissen, und zwar sowohl auf Organia als auch anderswo.«

Claymares freundliches Lächeln verschwand, sein Gesicht verdüsterte sich.

»Wir wissen leider nur sehr wenig«, sagte er. »Ohne jede Vorwarnung wurde unser Planet von einem Kraftfeld umgeben, das uns nicht nur am Verlassen Organias hindert, sondern außerdem auch einen sehr nachteiligen Effekt auf unsere Denkprozesse ausübt. Erst kürzlich haben wir überhaupt feststellen können, wer dafür verantwortlich ist und wozu es dient, obwohl wir natürlich vorher einige sehr brauchbare Hypothesen entwickelt hatten.

Und dann ist ebenso geheimnisvoll ein lebendes Wesen durch die Abschirmung hindurchgebrochen und in einem kleinen Raumfahrzeug auf unserem Planeten gelandet. Im ersten Augenblick haben wir es für Ihren Mr. Spock gehalten; aber wir haben sofort erkannt, daß es ein organisches Wesen von uns völlig unbekannter Struktur war. Selbst seine Nervenströme flossen in umgekehrter Richtung. Wir konnten uns nicht vorstellen, welche Bedeutung das haben konnte und was wir mit ihm tun sollten.

Schließlich erschienen Sie drei, und wir erkannten aus Ihren Gedanken, daß Sie über alle Vorgänge informiert und gekommen waren, um uns zu helfen. Aber die bösartige Kreatur, die vorher in diesem kleinen Raumfahrzeug auf unseren Planeten gekommen war, besaß einen Verstand, der genauso scharf war wie der von

Mr. Spock – wirklich bemerkenswert für ein Wesen, das von einem umgekehrt gerichteten Substrat von Materie abhängig war –, und die sich sogar die Effekte der Gedankenabschirmung zunutze zu machen verstand, während unser Denken davon erheblich beeinträchtigt wurde. Wir haben Impulse ausgesandt in der Hoffnung, daß sie Sie zu uns führen würden; aber bis zu dem Zeitpunkt, wo es Ihnen endlich gelang, diese Kreatur auszuschalten – eine Leistung, zu der wir Ihnen gratulieren müssen –, waren Ihre Schritte naturgegeben ein wenig erratisch.«

»Da haben Sie allerdings recht«, sagte Scott.

»Wir erkennen weiterhin auf Grund Ihrer Gedanken«, fuhr Trefayne fort, »daß die Klingonen für die Errichtung des Schildes verantwortlich sind. Man wird sie entsprechend bestrafen. Aber wir sind vorläufig hilflos.«

»Nicht mehr lange«, sagte Kirk. »Deshalb habe ich meinen Chef-Ingenieur mitgebracht. Er ist der Ansicht, daß die Abschirmung durch einen Generator aufrechterhalten wird, der mit einer unbemannten Rakete auf Ihren Planeten geschossen worden ist. Wenn die Rakete bemannt gewesen wäre, hätten Sie die Gedanken des Piloten lesen können. Es ist, meiner Ansicht nach wenigstens, ein hoffnungsloses Unternehmen, den Generator oder die Rakete auf dem Planeten finden zu wollen, aber Mr. Scott glaubt, daß er einen neutralisierenden Generator bauen kann.«

Die Mitglieder des Ältestenrates blickten einander an. Schließlich sagte Ayelborne: »Dann soll er es um alles in der Welt sofort versuchen.«

»Ich fürchte, es ist nicht ganz so einfach«, sagte Scott. »Sehen Sie, wir konnten nicht viele Werkzeuge und Geräte mitbringen. Wir wußten ja nicht, wo wir landen und was für eine Situation wir hier antreffen würden, und so sind wir mit kleinem Gepäck gereist. Wir haben natürlich eine ganze Menge kleiner Ersatzteile bei uns; aber es würde uns sehr viel weiterhelfen, wenn wir auch ein paar größere hätten, die ein bißchen mehr Energie ausspucken, wenn Sie verstehen, was ich meine.«

»Ohne jede Schwierigkeit«, sagte Claymare. »Unglücklicherweise besitzen wir keine Ware dieser Art.«

»Das habe ich fast befürchtet. Und wie oft habe ich den Modekünstler verflucht, der es für sehr elegant hielt, daß diese Uniformen keine Taschen haben.«

»Aber wir wissen doch, wo diese bösartige Kreatur das kleine Raumschiff versteckt hat. Wenn Ihnen das weiterhelfen kann...«

»Der Gleiter!« rief Kirk. »Natürlich würde er uns weiterhelfen! Vorausgesetzt, daß dieses Duplikat keine Falle angebracht hat, damit der Gleiter in die Luft geblasen wird, wenn ihn jemand berührt. Aber das Risiko müssen wir auf uns nehmen, wenn wir überleben wollen.«

»Mich würde vor allem interessieren«, sagte Spock nachdenklich, »wie er es geschafft hat, einen Gleiter mit einem Sol-Antrieb auszurüsten.«

»Später«, sagte Kirk, ein wenig ungeduldig. »Scotty, würden die Aggregate und anderen Teile des Gleiters Ihnen wirklich helfen?«

»Eines nur, Captain«, sagte Scotty verlegen. »Sie müssen verstehen, mein Gehirn ist von dieser verdammten Abschirmung und von all den unheimlichen Erscheinungen, die ich auf diesem gottverlassenen Planeten erlebt habe, so durcheinander, daß ich kaum noch ein Quark von Mr. Claymare unterscheiden kann. Ich bezweifle sogar, daß ich unter diesen Umständen irgendeine vernünftige Arbeit zustande bringe. Eher sprenge ich uns alle miteinander in die Luft, das ist sicher.«

Claymare schien etwas sagen zu wollen, schwieg dann aber; doch Ayelborne lächelte und sagte: »Das ist nicht weiter schlimm. Wir können Sie drei vor den Effekten der Abschirmung schützen. Es ist immer viel leichter, zumindest im Prinzip, einen Regenschirm aufzuspannen, als einen ganzen Wolkenbruch abzulenken. Und das gilt auch für den Bereich des reinen Geistes. Aber wir müssen uns sehr beeilen. Wir leiden alle, in zunehmendem Maße, unter den Auswirkungen der Abschirmung. – Sind Sie bereit?«

»Ja.«

»Gut. Sie brauchen also Ihr Raumfahrzeug. Es ist...«

»...*hier*!«

Der Raum löste sich auf, und Kirk fand sich mit zwölf Organiern, einem anderen Terraner und einem Halb-Vulkanier in einer tiefen Höhle, die indirekt beleuchtet und etwa halb so groß wie das Hangar-Deck der *Enterprise* war. Er hatte keine Ahnung, wieso er wußte, daß sie sich tief unter der Oberfläche des Planeten befinden mußten; aber er hatte das Gefühl einer gewaltigen Felsmasse über sich, und er wußte, daß es wirklich Fels war und diesmal keine Halluzination.

Die Luft war völlig trocken und bewegungslos, der Boden glatt und ein wenig geneigt.

In der Mitte der Höhle stand der gestohlene Raumgleiter. Er sah harmlos und unschuldig aus.

Aber Spock schien das nicht zu finden. Mit leicht zur Seite geneigtem Kopf und zusammengekniffenen Augen schwenkte er seinen Tricorder vom Bug zum Heck des kleinen Fahrzeugs.

»Haben Sie irgend etwas entdeckt, Mr. Spock?« fragte Kirk.

»Nichts, Captain. Es scheint kein ungewöhnlicher Stromfluß im Schaltkreis der Hauptschleuse zu liegen. Das ist die logische Stelle zum Anbringen einer selbstauslösenden Bombe – und auch die einfachste. Ich könnte mir auch nicht denken, warum mein Duplikat nicht den Einstieg des Gleiters, sondern irgendeinen Teil von ihm sichern sollte.«

»Mir fallen dafür einige Gründe ein«, sagte Kirk. »Wenn ich die Absicht hätte, den Gleiter selbst wieder zu benützen – vielleicht um ganz schnell von Organia wegzukommen –, so würde ich auf keinen Fall die Tür mit einer Sprengladung sichern. Ich würde sie nicht einmal abschließen, sondern ich würde den Auslöser für eine Sprengladung so mit einem der Bedienungsknöpfe verbinden, daß nur ich sie ausschalten und kein anderer sie finden kann.«

»Gut, aber sehr riskant«, sagte Scott. »Irgend jemand könnte rein zufällig den Auslöser berühren. Genausogut könnte man einen Auslöser mit dem Reaktor verbinden, dann würde der Gleiter in die Luft gehen, ganz gleich, *was* berührt wird. Aber vielleicht würde ich die Sprengladung so anbringen, daß sie nur dann hochgeht, wenn irgend jemand an meiner Erfindung herumspielt. Sonst würde ich den Gleiter bis zum letzten Moment für den eigenen Gebrauch aufheben.«

»Sie meinen den Miniatur-Sol-Antrieb?« sagte Spock. »Ja, da

haben Sie völlig recht. Das würde ich unter den gleichen Umständen vielleicht auch tun. Aber es ist nicht so einfach.Das hätte er erst nach seiner Landung auf Organia tun können, und ich glaube nicht, daß er während des Flugs von der *Enterprise* Zeit hatte, so ein System zu erfinden, ganz zu schweigen davon, es hier nach seiner Landung einzubauen.«

»Wir müssen das Risiko auf uns nehmen«, sagte Kirk.

»Mr. Spock, öffnen Sie den Einstieg. Und Sie, Scotty, achten darauf, daß Sie nichts berühren, bevor Mr. Spock es überprüft hat.«

Spock trat zum Einstieg des Gleiters, richtete noch einmal seinen Tricorder darauf und steckte ihn dann wieder ein. Dann hakte er seinen Kommunikator vom Gürtel und sprach leise ein paar Zahlen hinein. Sofort rollte die Einstiegstür des Gleiters lautlos zur Seite. Unter den aufmerksamen Blicken der Organier betraten Kirk, Spock und Scott den Gleiter, so vorsichtig, als ob sie auf Zehenspitzen gingen.

Der schmale Gang, der vom Kontrollpult zu den Maschinen führte, war von dem matten Schein der Glühkolben beleuchtet; Röhren, die mit hochverdünntem Ethon-Gas gefüllt waren, das ständig von eingebauten radioaktiven Partikeln gezündet wurde. Das bedeutete, daß der Hauptantrieb abgeschaltet worden war. Die Glühkolben hatten keine Schalter und theoretisch ewige Lebensdauer. Die Halbwertszeit der radioaktiven Partikel betrug 25 Millionen Jahre.

In schweigendem Einverständnis traten Spock und Scott in den Maschinenraum des Gleiters. Kirk folgte ihnen, und er fühlte sich gleichzeitig nutzlos und nervös; aber nach wenigen Sekunden schien sich plötzlich und unerwartet ein Gefühl tiefen Friedens über ihn zu senken.

»Mein Gott, ist das schön«, sagte Scott.

Und selbst Spock blickte überrascht auf. Kirk brauchte zehn Sekunden, um den Grund für die Erleichterung zu erraten: der Druck des Abschirmungsfelds auf ihren Gehirnen war verschwunden. Die Organier schützten sie davor. Er hatte sich so sehr daran gewöhnt, selbst Widerstand leisten zu müssen, es war schon so sehr Teil seiner Haltung geworden, daß dieses Gefühl der Entspannung sehr eigenartig auf ihn wirkte, fast wie Schläfrigkeit.

»Aufpassen!« sagte Kirk hastig. »Dieses Wohlgefühl ist zumindest teilweise unecht. Es könnten immer noch Fallen an Bord des Gleiters sein.«

»Sehr richtig«, sagte Spock zustimmend.

Die Maschinen des Gleiters schienen auf den ersten Blick nicht verändert worden zu sein. Nur ein kleiner, in Schwarz und Silber gehaltener Apparat war auf dem Generator angebracht worden. Spock untersuchte ihn vorsichtig, und Kirk, dessen Geist nach dem konzentrierten Kursus in Halluzinationen noch immer ein wenig durcheinander war, hatte das eigenartige Gefühl, daß der Apparat ihn anstarrte.

Scott beachtete ihn überhaupt nicht. Statt dessen kniete er sich vor die kleine Bedienungskonsole und entleerte den Inhalt der kleinen Taschen, die er an seinen Gürtel gehakt hatte. Kurz darauf war die Konsole mit winzigen Teilen, kleinen Spulen und Werkzeugen bedeckt, die fast zu miniaturisiert schienen, um sie überhaupt anfassen zu können. Und wirklich verschwand das erste, das Scott zwischen die Finger nahm, fast unter seinen Fingernägeln. Doch er brachte es immer wieder fertig, es mit unglaublicher Präzision an der vorgesehenen Stelle zu montieren. Für die noch feineren Arbeiten klemmte er sich eine Uhrmacher-Lupe in das rechte Auge.

Inzwischen löste Spock mit seinen eigenen Werkzeugen die Frontplatte des geheimnisvollen Geräts ab, das auf dem Generator saß. Die Arbeit ging sehr langsam vor sich, denn nach jeder halben Umdrehung einer Schraube hielt er inne und überprüfte das Gerät erneut mit seinem Tricorder. Offensichtlich vermutete er, daß die möglicherweise verborgene Bombe oder ein anderer Mechanismus durch das Lösen irgendeiner Schraube ausgelöst werden konnte, und er suchte nach Energieströmen, die die Schärfung einer solchen Zündung verrieten. Diese Vorsichtsmaßnahme war logischerweise durchaus angebracht; aber sie war auch fast unerträglich zeitraubend. Kirk hatte den Eindruck, als ob ganze Schlachten gewonnen oder verloren werden konnten, während sie hier, in ihrer stillen, völlig isolierten Stahlhöhle, auf diesem unwirtlichen Planeten...

Scotts Apparatur, ein Gerät von verwirrender Komplexität und – wenigstens für Kirk – völlig willkürlicher Konstruktion, schien endlich fertig zu sein. Scott verdrahtete es jetzt an verschiedenen Stellen mit der Kontroll-Konsole. Zwei dieser Verbindungen erforderten, daß er unter die Konsole kroch, in einen engen Raum, in dem kaum ein Kind Platz fand.

»So, das ist alles, was ich tun kann«, sagte er, als er endlich wieder hervorkroch. »Und jetzt, Mr. Spock, brauche ich ein bißchen Saft von dem Generator, falls Sie ihn nicht völlig vermurkst haben sollten.«

»Der Generator ist selbstverständlich intakt«, sagte der Erste Offizier kühl. »Ich habe nur den Sol-Antrieb, den dieses Duplikat angeschlossen hatte, wieder abgeklemmt, den Generator selbst aber so gelassen, wie er war.«

»Gut, dann wollen wir meine kleine Konstruktion mal in Betrieb setzen.«

Scott legte einen Schalter um, und der Generator begann zu summen.

Scott blickte prüfend auf die Skalen der Kontrollinstrumente. »Jetzt müssen wir abwarten, ob es uns wirklich gelingt, eine ganze Energiedecke um einen Planeten mit diesem kleinen Spielzeug abzuziehen. Aber das werden wir ja gleich wissen.«

Stufenweise drehte er den Knopf eines Potentiometers nach rechts, ohne dabei die Skalen aus dem Auge zu lassen.

»Jetzt kriegen wir etwas Rückkopplung«, sagte er schließlich. »Wenn wir jetzt noch ein bißchen mehr Saft geben...«

Er drehte den Knopf noch weiter nach rechts.

»Das ist wie der Kampf zwischen David und Goliath«, murmelte er. »Und ich habe nicht einmal eine Steinschleuder. – Captain, irgend etwas passiert da oben. Aber ich kann nicht ablesen, wie groß der Effekt ist. Diese Instrumente sind nicht für einen solchen Zweck gedacht. Ich muß Sie deshalb um etwas bitten, was mir gar nicht paßt: Sagen Sie doch unseren Freunden draußen, sie sollen uns nicht mehr vor den Einwirkungen der Abschirmung schützen, sonst habe ich keine zuverlässige Kontrolle.«

Kirk wandte sich um und wollte den Gleiter verlassen; aber die Organier hatten Scotts Bitte offensichtlich bereits aus seinen Gedanken gelesen, denn im gleichen Augenblick fühlten die drei Männer wieder den unheimlichen Druck der Gedanken-Abschirmung. Sie war jetzt spürbar schwächer als vorher; aber Scott war alles andere als zufrieden.

»Ich habe weiter nichts erreicht, als eine räumliche Interferenz«, murmelte er ärgerlich. Er drehte den Potentiometerknopf noch weiter nach rechts. Der Druck ließ weiter nach, aber nur noch wenig.

»Es hat keinen Sinn«, sagte er verdrossen. »Man kann eben nicht mit einem winzigen Gleitergenerator gegen ein weltumspannendes Schirmfeld ankämpfen. Er ist ganz einfach zu schwach für den Zweck.«

»Vielleicht kann ich Ihnen helfen«, sagte Spock. »Ich habe mich inzwischen mit dem Prinzip dieses Sol-Antriebs beschäftigt. Ich glaube, daß er seine Energie direkt aus dem Hilbert-Raum bezieht, aus demselben Raum also, in dem die Wasserstoff-Atome entstehen. Mit anderen Worten, es ist eine Methode, mit der man den kontinuierlichen Entstehungsprozeß anzapfen kann.«

»Was?« schrie Scott entsetzt. »Genausogut könnte ich Gott direkt anzuzapfen versuchen! Damit will ich nichts zu tun haben.«

»Es ist eine haarsträubende Vorstellung«, stimmte Kirk zu. »Aber der Antrieb hat schon einmal funktioniert, als das Duplikat ihn benutzte. Mr. Spock, können Sie ihn wieder an den Generator anschließen, ohne damit eine Katastrophe heraufzubeschwören?«

»Ich denke schon, Captain.«

»Hochmut kommt vor dem Fall«, murmelte Scott. »Wenn es nicht zur Katastrophe kommt, so ist es ein Wunder.«

»Wir brauchen jetzt ein Wunder«, sagte Kirk. »Los, Mr. Spock, schalten Sie den Antrieb ein!«

Spock arbeitete rasch und sicher. Knurrend drehte Scott das Potentiometer noch weiter auf. Die Depression, die von der Gedanken-Abschirmung hervorgerufen wurde, verschwand so plötzlich, als ob man eine Decke weggezogen hätte. Scott grinste erleichtert und drehte den Knopf bis zum Anschlag nach rechts.

Fünf Minuten später war Organia frei und…

»Guten Tag, Mr. Sulu«, sagte Kirk, als sie an Bord der *Enterprise* materialisierten. »Mr. Spock, übernehmen Sie das Kommando.«

EIN BESUCH DER GEISTER

Aus dem Logbuch des Captains, Sternzeit 4202.0:

Ich glaube nicht, daß es irgend jemand jemals gelingen wird, alles das zu schildern, was an allen Fronten des Krieges von dem Augenblick an geschah, da die Organier aus ihrem Planeten-Gefängnis befreit wurden. Einige der Milliarden von Ereignissen werden jedoch in den Berichten reflektiert, die die Enterprise *über offizielle Kanäle erhielt oder dem gegnerischen Funkverkehr entnehmen konnte. Selbst diese Berichte waren größtenteils unverständlich; aber in einigen Fällen waren uns die betroffenen klingonischen Offiziere von früher her bekannt, und so konnten wir uns vorstellen, wie sie sich verhielten, und was sie erlebten. In anderen Fällen konnten wir die Vorgänge mit Hilfe des Computers annähernd rekonstruieren. Aber das Gesamtbild muß der Phantasie überlassen bleiben, und der Computer besitzt keine Phantasie – was für uns vielleicht nur ein Vorteil ist.*

Wenn das Universum jeden Tag einen Zentimeter schrumpfen würde und alle unsere Meßgeräte sich in Relation dazu verkürzten, wie könnten wir merken, daß dies überhaupt geschieht?

Commander Koloth von der Raumflotte der Klingonen saß vor dem Bildschirm des Schlachtschiffes *Destruction*, schweigend und reglos wie eine Statue. Auf dem Navigationsanzeiger zu seiner Linken zeigten grüne Lichtpunkte die Formation der anderen Kriegsschiffe an. Sie bildeten einen in Kursrichtung offenen Halbkreis, wie er es bei der Entdeckung der *Enterprise* befohlen hatte. Nicht ein einziges Mal blickte er auf die Anzeigentafel. Er wußte, daß die anderen Schiffe sich genau an seine Befehle hielten. Der Gedanke, daß jemand seinen Befehlen nicht gehorchte, war so absurd, daß er ihn nicht einmal erwog. Sein Blick war starr auf seine Beute gerichtet, einen roten Lichtpunkt in der Mitte des Bildschirms. Dieser Punkt repräsentierte die mächtigste Kriegsmaschine, die jemals von Menschen erfunden worden war – und die in kürzester Zeit nur noch eine radioaktive Gaswolke sein würde.

Schon vor Tagen hatte er festgestellt, daß das Schlachtschiff der Föderation, das er verfolgte, die *Enterprise* war, und diese Entdekkung hatte seinen militärischen Ehrgeiz, seine Ruhmsucht und seinen Haß zu wildem Jagdfieber angestachelt. Zweimal schon war er mit diesem Schiff und seinem Kommandanten James Kirk zusammengestoßen – und zweimal war er besiegt worden: bei dem Zwischenfall wegen des Juwelenwurms von Xixobrax und bei der Auseinandersetzung über die Kolonisation des Sherman-Planeten. Diese Konfrontation war zu einer besonders schweren Niederlage für das Imperium geworden und auch für Commander Koloth persönlich, denn das Imperium verzieh keinem seiner Offiziere jemals eine Niederlage. Was aber Koloth am meisten wurmte, waren nicht nur die diplomatischen Konsequenzen und die nachteiligen Folgen für seine Karriere, sondern vor allem die Tatsache, daß Kirk damals bei dem Zwischenfall mit den Tribbles ihn zutiefst gedemütigt und lächerlich gemacht hatte, indem er Koloths Schiff mit Scharen dieser widerlichen, unglaublich gefräßigen und vermehrungsfreudigen Tierchen überschwemmt hatte. Er hatte Monate gebraucht, um dieses lästige Ungeziefer wieder loszuwerden.

Er unterdrückte ein Schaudern, als er an diese Biester dachte. Dann drückte er einen Schalter und sagte: »Korax.«

Sekunden später stand sein Erster Offizier neben ihm.

»Lord Commander?«

»Haben Sie irgendwelche Funksprüche des Gegners aufgefangen?«

»Nein, Lord Commander. Ich hätte Sie sonst sofort davon in Kenntnis gesetzt. Sie haben auch weder den Kurs, noch ihre relative Geschwindigkeit verändert.«

»Das sehe ich selbst. Die Kommandanten der Föderation sind angewiesen, in Notsituationen das Logbuch des Schiffs in einer Boje über Bord gehen zu lassen, damit es später von einem anderen Schiff geborgen werden kann. Es besteht zwar keinerlei Aussicht, daß die Föderation dazu noch Gelegenheit finden wird; aber ich möchte trotzdem nicht, daß das Logbuch während der Schlacht vernichtet wird. Sorgen Sie dafür, daß uns das Ausstoßen der Boje nicht entgeht. Wir werden sie abfangen und an Bord nehmen.«

»Wir sind an der Grenze unserer Sensoren-Reichweite. Ich glaube kaum, daß wir ein so kleines Objekt erfassen können, Lord Commander.«

»Um so mehr Grund zu größter Wachsamkeit. Die Boje gibt ein Ortungs-Peilzeichen. Achten Sie darauf.«

Korax salutierte und verschwand. Koloth starrte wieder auf den Bildschirm. Nichts konnte die *Enterprise* diesmal retten. Sie flog unrettbar in die Falle – es blieb ihr auch keine andere Möglichkeit – und wenn die Falle zuschnappte, würde sie das Raumschiff zermalmen wie eine Nuß. Er hoffte, daß er der Mann sein würde, der die *Enterprise* vernichtete; aber wahrscheinlich würde die Ehre dem Admiral zufallen, der den größeren Flottenverband kommandierte, der im Hinterhalt auf die *Enterprise* lauerte. Aber das war immer so – der höhere Dienstgrad bringt auch größere Rechte mit sich –, aber Koloth wußte, daß auch Admiral Kor sehr persönliche Gründe hatte, das Universum von Kirk und seinem Schiff zu befreien.

Nun, das war auch nicht entscheidend. Was zählte, war nicht, *wer* die *Enterprise* vernichtete, sondern allein die Tatsache, *daß* sie endlich zur Strecke gebracht wurde. Und der Moment war jetzt gekommen…

Koloth wußte nicht, daß es ihn ein ganzes klingonisches Jahr gekostet hatte, um Korax zu rufen; daß die ganze Galaxis die siebenundzwanzigste Rotation seit ihrer Entstehung vollzogen hatte, während er sich mit seinem Ersten Offizier unterhielt, und daß sie seitdem weitere drei Umdrehungen um ihre Achse vollendet hatte. Denn für die *Destruction* und alle Besatzungsmitglieder des Schiffs verlangsamte sich die Zeit in einer asymptotischen Kurve; und für Commander Koloth würde die Jagd nach der *Enterprise* niemals enden bis in alle Ewigkeit...

...aber Koloth würde das niemals feststellen können.

Koloths Einschätzung von Kor war falsch; das war einer der Gründe, warum Koloth immer noch Commander war – und es jetzt auf ewige Zeiten bleiben würde, selbst nach dem Untergang des ganzen Universums – während Kor längst Admiral war.

Kor war der eigentliche Gegner Kirks gewesen, als sich die Föderation und das Imperium der Klingonen im Kampf um Organia gegenübergestanden hatten und die Klingonen schließlich zur Unterzeichnung des Organianischen Friedensvertrags gezwungen worden waren. Aber Kor empfand deshalb keine persönlichen Haßgefühle gegenüber seinem siegreichen Gegner.

Er betrachtete das Ende jener Auseinandersetzung auch nicht als Niederlage, sondern nur als einen unbedeutenden Rückschlag. Die Streitkräfte des Klingonen-Imperiums und der Föderation waren damals zur entscheidenden Schlacht angetreten, als die Organier alle beteiligten Schiffe – auf beiden Seiten – paralysierten und die kriegführenden Parteien zum Abschluß eines Friedensvertrags zwangen. Nach Kors Ansicht war Kirk von dem Eingreifen der Organier genauso betroffen worden wie er. Diese Offiziere der Föderation, das wußte er aus Erfahrung, kamen einem wie Feiglinge vor, solange sie eine Möglichkeit sahen, den Kampf zu vermeiden. Wenn sie aber zum Kämpfen gezwungen wurden, waren sie verdammt harte Gegner. Das Eindringen der *Enterprise* in die Tiefe des klingonischen Hoheitsraums sprach für sich selbst. Es war ein gewagtes und mutiges Unternehmen, das dem erfahrenen Kämpfer Kor Respekt abforderte.

Daß es außerdem sehr leichtsinnig war, änderte kaum etwas an Kors hoher Meinung von Kirk. Nur Feiglinge gehen dem Kampf mit einem überlegenen Gegner aus dem Weg. Kor wußte genau, daß die Kommandanten der Sternenschiffe der Föderation mehr Entscheidungsfreiheit besaßen, als man ihm jemals zugestehen würde, und er war überzeugt, daß diese persönlichen Freiheiten früher oder später den Niedergang der Föderation herbeiführen mußten – wahrscheinlich schon bald, so wie es jetzt aussah. Alles zusammen machte ihn nur noch gespannter auf Kirks Taktik, seinen Mut und seinen Einfallsreichtum.

Es wäre interessant zu wissen, was Kirk mit diesem Vorstoß zu erreichen gehofft hatte. Soweit Kor informiert war, existierte der Planet Organia überhaupt nicht mehr, und das organionische System befand sich nicht mehr in einem strategischen Quadranten. Und doch hatte die *Enterprise* sich mit List und Hartnäckigkeit durch das ganze Gebiet des Imperiums hindurchgeschlichen und dabei nicht einmal irgendwelche militärischen Einrichtungen des Imperiums angegriffen, die Kor an seiner Stelle auf jeden Fall vernichtet hätte, besonders bei einem solchen Selbstmord-Unternehmen.

Normale Neugier konnte man Kirk zwar unterstellen – er konnte schließlich nicht sicher sein, daß Organia tatsächlich nicht mehr existierte –, aber das war sicher nicht alles. Warum hatte er nicht eine der klingonischen Militärbasen angegriffen? Er hätte, zum Beispiel, Bosklave ohne Schwierigkeit vernichten können. Die Basis lag praktisch an seinem Weg und war nicht gegen einen Angriff durch ein überlegenes Sternenschiff zu verteidigen. Selbstverständlich kannte Kirk die Position der Basis, und ihre Vernichtung wäre für das Imperium sicher keine Lappalie gewesen. Trotzdem aber hatte er nichts weiter getan, als die schwache Bewachungsflotte vor Organia zu vernichten – ein sehr elegantes Unternehmen übrigens –, und war dann stur wieder auf Kurs in Richtung Organia gegangen, genau in die Falle, die Kor ihm gestellt hatte. Sinnlos – mehr als das: mysteriös!

Aber das war eben der große Nachteil aller demokratischen Gesellschaftsformen: Sie hatten die gleichen Nachteile einer überhandnehmenden Bürokratie wie das Imperium, besaßen aber keinen der Vorteile, die eine strenge Hierarchie und ein zentralistisches System mit sich bringen. Früher oder später mußten selbst so tapfere und vorsichtige Kommandanten wie Kirk und ein Milliardenobjekt wie die *Enterprise* Opfer einer Fehlentscheidung werden – oder auch nur einer Laune. Der Kampf gegen die Föderation war interessant gewesen, zugegeben, aber Kor war doch froh, daß der lange Krieg bald zu Ende sein würde. Der Krieg gegen die Romulaner, die nächste Gesellschaft auf dem Vernichtungsplan des Imperiums, würde mehr Spaß machen. Die Romulaner besaßen keine Phantasie, waren aber außergewöhnlich tapfer und wiesen alle militärischen Tugenden auf: Disziplin, Respekt für Vorgesetzte, Opferbereitschaft und eine fast poetische Vaterlandsliebe. Vor allem aber waren sie klug genug, um einzusehen, daß eine gute Regierung die Köpfe ihrer Untertanen abwägt, und sie nicht nur zählt.

Unter den gegenwärtigen Umständen mußte es möglich sein, das Raumschiff der Föderation zu kapern. Es wäre für das Imperium eine überaus wertvolle Prise. Für die *Enterprise* war die Lage absolut hoffnungslos, und Kirk würde bestimmt nicht die vierhundertdreißig Besatzungsmitglieder seines Schiffes, davon ein Drittel Frauen – übrigens ein unverständlicher und äußerst irrationaler Brauch der Föderation –, in einem sinnlosen Kampf opfern. Die wenigsten Kommandanten der Föderation würden das tun. Aber der Befehl, den Kor vom Oberkommando erhielt, lautete: *Vernichtung der* Enterprise.

Er wäre nie auf den Gedanken gekommen, die Richtigkeit dieses Befehls anzuzweifeln; aber keine noch so große Loyalität und Disziplin kann ein humanoides Wesen am Überlegen hindern. Der Befehl konnte nur einen einzigen Grund haben, so schloß er: Kirk und seine Offiziere hatten eine so bedeutungsvolle Information erlangen können, daß das Oberkommando für deren Unterdrükkung gern den Preis eines Sternenschiffs der Klasse I bezahlte, um ganz sicherzugehen, daß diese Information der Föderation niemals bekannt wurde. Und auch er selbst, überlegte Kor, würde nie wissen, worum es dabei ging...

»Im Gegenteil«, sagte eine sanfte Stimme hinter ihm. »Ich denke, ich kann Ihnen dazu verhelfen.«

Noch bevor sich Kor in seinem Sessel umgedreht hatte, wußte er, daß ihm die Stimme bekannt war. Aber es war nicht die Stimme eines seiner Offiziere. Ein Gefühl von Enttäuschung und Frustration kam über ihn.

Und es war durchaus berechtigt, wie er sofort erkannte. Die Stimme war die des Organiers Ayelborne, den Kor bei dem Eroberungsversuch Organias als Vorstand des Ältestenrates kennengelernt hatte.

»Sie sind es?« Der Klingone beherrschte seine tiefe Enttäuschung mit einer Meisterschaft, die nur lebenslange Disziplin mit sich bringt. »Man hat mir berichtet, daß Organia nicht mehr existiert. Es hat den Anschein, daß diese Information falsch war.«

»Unvollständig würde ich sagen«, nickte Ayelborne. »Und damit ist der Krieg beendet, Admiral Kor. Ihre Schiffsantriebe funktionieren nach wie vor; aber ihre Waffen sind lahmgelegt. Sie können sich selbst davon überzeugen. Ich würde Ihnen raten, auf dem kürzesten Weg zu Ihrer Basis zurückzukehren.«

»Mein Befehl lautet: *Vernichtung der* Enterprise«, sagte Kor. »Und wenn meine Waffensysteme ausgefallen sind, so kann ich sie immer noch mit meinem Schiff rammen – auch wenn es einen noch größeren Verlust an Menschenleben kosten würde.«

»Ich kenne Ihre Befehle«, sagte Ayelborne mit seinem unauslöschlichen, milden Lächeln, »und ich sehe, daß Ihre Hartnäckigkeit genausogroß ist wie Ihr Mut. Ich rate Ihnen aber, meiner Anweisung zu folgen. Nach Ablauf von drei Standard-Tagen werden nämlich auch Ihre Triebwerke ausfallen, und wenn Sie bis dahin nicht eine Basis erreicht haben sollten, wird der Verlust an Menschenleben noch größer sein – und ausschließlich auf Ihrer Seite. Angesichts der Tatsache, daß die Klingonen den Friedensvertrag gebrochen haben, bin ich eigentlich nicht verpflichtet, Ihnen diese Informationen zu geben, und ich tue es nur, um den Verlust an Leben zu verhindern. Ich wäre überhaupt nicht gekommen, wenn ich nicht von Ihnen die genauen Koordinaten Ihres Systems brauchte.«

»Ich werde niemals…«

Aber Ayelborne war schon verschwunden, und Kor erkannte in tiefer Verzweiflung, daß sein Gehirn dem Organier – gegen seinen Willen – die verlangte Information längst gegeben hatte und daß Kor der Sieger, Kor der Stratege, Kor der Tapfere, Kor der Treue, zum Verräter an seinem Imperium geworden war.

Der Große Senat des Klingonen-Imperiums war durch die fragmentarischen und widersprüchlichen Meldungen unerklärlicher Katastrophen, die von den Kriegsschauplätzen kamen, alarmiert worden und befand sich in permanenter Sitzung, als die Organier eintrafen. Es waren drei Vertreter des Planeten, und sie erschienen in der martialisch ausgestatteten Senatshalle in ihrer vielleicht natürlichen Gestalt: als hell strahlende Energiekugeln von etwa zwei Metern Durchmesser. Sie wirkten wie Miniatur-Sonnen, so daß man sie nicht auseinanderhalten und identifizieren konnte; aber ihre Identitäten waren ja ohnehin reine Fiktion, genau wie ihre humanoide Gestalt. Daß es sich bei den drei Vertretern Organias um Ayelborne, Claymare und Trefayne handelte, ist also nur eine unbeweisbare Vermutung.

Die dunkelbraunen Gesichter der Senatoren wurden blaß im aktinischen Licht, das diese Gedanken-Wesen ausstrahlten. Als einer der Organier sprach, schallte seine Stimme durch die riesige Senatshalle wie der Klang einer Fanfare.

»Sie haben den Frieden gebrochen und sind unmittelbar verantwortlich für Tod, Leid und Zerstörung«, sagte er. »Sie haben auch uns angegriffen, und nur das Eingreifen Ihrer Kriegsgegner hat uns vor dem Tod bewahrt.«

»Lüge«, sagte der Senatsvorstand. Seine Stimme bebte, aber sonst wirkte er völlig beherrscht – eine sehr beachtliche Energieleistung unter diesen Umständen. »Unsere planetare Gedanken-Abschirmung war lediglich eine Restriktionsmaßnahme, um Sie an der Einmischung in die Angelegenheiten des Imperiums zu hindern.«

»Ihre Absichten ändern nichts an den Tatsachen«, sagte der Organier. »Sie kannten die Wirkungsweise Ihrer Waffen kaum, und

Ihren Effekt auf uns so gut wie gar nicht. Fünf Jahre unter der Abschirmung – und ich sehe in Ihren Gedanken, daß Sie nicht die Absicht hatten, uns je wieder freizulassen – hätten uns vollständig vernichtet. Wenn Sie so eine Abschirmung um den Planeten Erde gelegt hätten – und auch diese Absicht lese ich in Ihren Gedanken –, hätte das auch die Menschheit vernichtet, und noch weitaus schneller. Ihre Fahrlässigkeit vermindert Ihre Schuld nicht, sie erhöht sie sogar.«

»Sie haben kein Recht, uns anzuklagen!«

»Wir werden Sie sogar verurteilen. Aber wir sind nicht rachsüchtig, unser Recht basiert nicht auf Vergeltung. Wir stellen lediglich fest, daß Sie zum Frieden unfähig und unwillig sind. Wir untersagen Ihnen deshalb für die Dauer von tausend Jahren den Raumflug.«

Die Halle wurde von Protest- und Wutgeschrei erschüttert. Aber die Stimme des Organiers übertönte ohne Anstrengung das Tohuwabohu: »Wir schicken euch für ein Jahrtausend in euren Kindergarten zurück. Vielleicht entwickelt ihr euch in dieser Zeit zu einer zivilisierten Rasse. Ich sagte: *vielleicht*. Es liegt völlig bei euch. Also, lebt wohl, Klingonen – und Imperium der Klingonen!«

DU KÖNNTEST RECHT HABEN

Aus dem Logbuch des Captains, Sternzeit 4205.5:

Es hat viele Stunden und die Mitarbeit aller leitenden Offiziere gekostet, um einen zusammenhängenden – und, was noch wichtiger ist, verständlichen – Bericht über die zurückliegenden Ereignisse zusammenzustellen. Und selbst nach Abschluß dieses Berichts kamen vom Oberkommando der Sternflotte immer wieder Rückfragen. Das war für uns keineswegs überraschend. Wir konnten jedoch alle

diese Fragen beantworten, und unsere Rolle bei der Befreiung Organias hat uns eine offizielle Auszeichnung des Sternflotten-Kommandos eingetragen, die ich allen Mitgliedern der Besatzung bekanntgegeben habe.
Es bleiben aber trotz allem noch einige Fragen offen, über die das Oberkommando keine Auskunft verlangt hat, und das ist gut so. Denn ich glaube nicht, daß wir die Antwort auf diese Fragen wissen – oder jemals wissen werden.

Kirk machte in seinem Diktat eine Pause und blickte zu Spock hinüber, der die Übertragung des Logbuchs auf das Datenband des Computers auf dem Monitor überwachte und sich nun zu ihm umwandte.

»Darf ich fragen, Captain, um was für Fragen es sich dabei handelt? Vielleicht könnte ich Ihnen bei ihrer Beantwortung behilflich sein.«

»Vielleicht können Sie das wirklich, Mr. Spock.« Kirk legte das Handmikrophon in die Halterung zurück. »Einige davon betreffen sogar Sie selbst – und deshalb habe ich bis jetzt gezögert, sie ins Logbuch einzutragen.«

»Aus welchem Grund, Captain?«

»Weil es sich dabei um mehr oder weniger persönliche Dinge handelt, die außerdem zum Verständnis der Angelegenheit nicht unbedingt erforderlich sind. Sie brauchen auch nicht davon zu sprechen, wenn Sie nicht wollen.«

»Das kann ich erst entscheiden«, sagte Spock, »wenn ich die Fragen kenne.«

»Natürlich. – Nun ... Als sich das Spock-Duplikat noch an Bord befand, haben Sie sich strikt geweigert, mit ihm zusammenzuarbeiten, und seine Beseitigung gefordert. Gleichzeitig aber haben Sie sich auch geweigert, den Grund für diese unnachgiebige Haltung anzugeben. Beides ist für Ihre normale Haltung so untypisch, daß Sie damit eine direkte und tödliche Gefahr für sich selbst heraufbeschworen haben; denn – wie ich damals Dr. McCoy gegenüber erwähnte – wurde dadurch in mir der Verdacht verstärkt, daß *Sie* das Duplikat wären. Ich war sogar eine ganze Zeit ziemlich fest überzeugt davon.«

»Ich verstehe«, sagte Spock, »und ich will Ihnen mein Verhalten jetzt gern erklären. – Sie wissen, Captain, daß ich auf Grund meiner vulkanischen Abstammung über gewisse, wenn auch sehr bescheidene, telepathische Fähigkeiten verfüge.«

»Wissen? Mein Gott, Mann, diese Gabe hat uns mehr als einmal das Leben gerettet. Wie könnte ich sie jemals vergessen?«

»Meine Frage war rein rhetorisch«, sagte Spock ungerührt. »Sie wissen sicher auch, daß wirkliche Telepathen äußerst selten sind, zu unserem Glück, möchte ich sagen, denn als Gegner können sie äußerst gefährlich werden.«

Während er sprach, kamen McCoy und Scott auf die Brücke. Kirk blickte Spock fragend an; aber den Ersten Offizier schien die wachsende Zuhörerschaft nicht zu stören.

»Ja, das ist wahr«, sagte Kirk.

»Wie die Klingonen jetzt erfahren haben. Aber wir wollen bei dieser Diskussion das allgemeine Vorkommen dieser Begabung beiseite lassen und uns auf die telepathisch talentierten Individuen beschränken. Hier ist es das äußerst seltene Vorkommen dieser Fähigkeit, die sie so interessant macht. Sie ist noch niemals schlüssig erklärt worden. Eine Hypothese besagt, daß viele Menschen von Geburt an telepathische Fähigkeiten besitzen, daß sie aber schon sehr bald durch den Einfluß von Erlebnissen verschüttet werden; besonders durch das Übermaß an Leid und Unglück, das sie überall um sich sehen und das ständig mitzuerleben zur unerträglichen Belastung wird. Sie verschließen sich.«

»Sonst brennt ihnen die Sicherung durch«, sagte Scott trocken.

»In etwa«, stimmte Spock zu. »Eine andere Hypothese ist die, daß bei jedem denkenden Wesen, das einen Verstand hat, der ein physisches Gehirn braucht, um funktionieren zu können – im Gegensatz zu reinen Energiewesen, wie die Organier – die Denkimpulse zu schwach sind, um eine Übertragung zu ermöglichen, obwohl sie in extremen Streß-Situationen manchmal erheblich verstärkt werden können – mit Ausnahme von *Gehirnen, deren*

Struktur so fast-identisch ist wie etwa bei Zwillingen. Es gibt viele nachgewiesene Fälle von telepathischen Beziehungen zwischen monozygotischen Zwillingen, aber weitaus weniger von solchen Beziehungen zwischen heterozygotischen Zwillingen, die zwar gemeinsam geboren werden, aber eigentlich nichts miteinander zu tun haben.«

»Ich verstehe allmählich«, sagte McCoy. »Das Gehirn des Duplikats war dem Ihren noch viel ähnlicher, als es bei eineiigen Zwillingen der Fall ist – und Sie standen deshalb mit ihm ständig in telepathischem Rapport, nicht wahr?«

»Ja und nein«, sagte Spock. »Sie dürfen dabei niemals vergessen, daß sein Gehirn, obwohl es essentiell das meine war, spiegelverkehrt funktionierte: seine Neigungen und Abneigungen – *und seine Loyalitäten* – waren den meinen deshalb entgegengesetzt. Aber intellektuell besaß er natürlich all mein Wissen und meine Erfahrungen, alles Erlernte und sogar meine Reflexe. – Und meine genaue, gründliche Kenntnis der *Enterprise*, ihrer Besatzung, der ganzen Situation. Und deshalb wußte ich, daß er für uns alle eine tödliche Gefahr darstellte. Er mußte vernichtet werden, wenn möglich, noch bevor es ihm gelang, sich mit den Klingonen in Verbindung zu setzen. Es gab einfach keine andere Möglichkeit.«

»Faszinierend«, sagte McCoy. »Damit dürfte also Ihre zweite Hypothese als bewiesen gelten, nicht wahr?«

»Das glaube ich auch«, sagte Spock, »jedenfalls soweit man eine Aussage jemals als Beweis anerkennen kann. Ich bin jedenfalls von ihrer Richtigkeit überzeugt. Natürlich schließt ihre höhere Wahrscheinlichkeit die erste Hypothese nicht vollständig aus. Es wäre durchaus möglich, daß beide zutreffend sind.«

»Das kann wirklich der Fall sein«, sagte Kirk. »Aber damit ist meine Frage noch immer nicht beantwortet. Warum haben Sie mir das alles nicht schon damals berichtet, Mr. Spock? Sie hätten mir damit eine ganze Menge sinnloser Sorgen erspart, und es hätte die Lösung unseres Problems der zwei Spocks wesentlich beschleunigt – und vielleicht das Entkommen des Duplikats verhindert.«

»Entschuldigen Sie, wenn ich Ihnen in diesem Punkt widerspreche, Captain«, sagte Spock. »Aber ein solches Ergebnis halte ich für durchaus unwahrscheinlich. Die Identität des Duplikats mußte noch immer *bewiesen* werden, und das war nur durch sein Handeln möglich. Selbst wenn Sie meine Erklärungen akzeptiert hätten, so würden Sie bei gründlichem Nachdenken doch erkannt haben, daß der damit verbundene Rapport meine Leistung und mein Urteilsvermögen ernsthaft beeinträchtigte oder auch mich, in einer nicht vorauszusehenden Weise, zu einer Gefahr machen konnte. Ich wußte, daß ich mich fest in der Gewalt hatte – obwohl es manchmal wirklich auf des Messers Schneide stand – aber Sie konnten es nicht wissen. Außerdem wäre Ihnen bestimmt eingefallen, daß es unter solchen Umständen am sichersten war, auch mich in Arrest zu nehmen, bis das Identitätsproblem einwandfrei und unter Ausschluß jeden Zweifels gelöst worden war. – Und ich mußte frei bleiben, wenn ich dem Schiff nützen wollte.«

»Hmmm«, sagte Kirk. »Damit wäre auch eine weitere Frage beantwortet: Woher Sie so genau wußten, daß das Duplikat die *Enterprise* verlassen hatte und in welchem Gebiet es sich aufhielt. Auch diese Frage haben Sie mir damals nicht beantworten wollen.«

»Genau! – Darf ich hinzufügen, Captain, daß ich nicht allein zu diesem Entschluß gekommen bin. Ich habe den Computer gefragt, wie Ihre wahrscheinliche Reaktion auf die Enthüllung meiner ›Telepathie‹ sein würde, und erhielt die Antwort, daß Sie mich wahrscheinlich einsperren lassen würden, und zwar mit einem Verhältnis von etwa dreiundachtzig Prozent zu einem Vertrauenslimit von null Komma null null fünf Prozent. Ich hätte mich mit einer psychologischen Frage dieser Art viel lieber an Dr. McCoy gewandt; aber unter den damaligen Umständen war mir dieser Weg verschlossen.«

»Ich verstehe«, sagte Kirk. »Gut, Mr. Spock, wir werden diese zusätzlichen Informationen nicht ans Sternflotten-Kommando weitergeben, es sei denn, daß man sie ausdrücklich anfordern sollte. Ich kann mir nicht vorstellen, daß sie das Verständnis unseres Reports irgendwie erleichtern. Aber Sie sollten sie trotzdem für unseren internen Gebrauch auf Band aufnehmen.«

»Selbstverständlich, Sir.«

»Eben kommt wieder ein Funkspruch vom Oberkommando, Captain«, meldete Uhura. »Wir sollen sofort Sternbasis 16 anlaufen und dort nach zwei Wochen Liegezeit eine neue Aufgabe übernehmen. Übrigens, der Nachrichtenoffizier von Sternbasis 16, ein Leutnant Purdy, hat mich gebeten, ihm Unterricht in Eurisch zu geben. Hoffentlich ist er nett.«

»Danke. – Mr. Sulu, setzen Sie den neuen Kurs fest!« Kirk machte eine Pause. »Ich möchte Ihnen noch etwas sagen, Mr. Spock: Ich freue mich, daß Sie wieder bei uns sind.«

»Danke, Captain«, sagte Spock. »Es war trotz allem ein sehr interessantes Erlebnis. Ich bedauere nur eines: daß meine Methode zur Beseitigung des Duplikats so rasch improvisiert werden mußte, daß ich nicht in der Lage war, Ihren Akademie-Ring zu retten.«

Kirk machte eine wegwerfende Handbewegung. »Das ist nicht weiter schlimm. Es war ein sehr geringer Preis, und ich kann mir in ein paar Tagen einen neuen bestellen. Ich bin vor allem froh, daß es jetzt endlich keine offenen Fragen mehr gibt.«

»Ich fürchte, eine ist nach wie vor offen«, sagte McCoy nachdenklich. »Und das schlimmste ist, es ist die gleiche Frage, von der wir damals ausgegangen sind. Aber vielleicht kann Mr. Spock nach seinen ›telepathischen‹ Erfahrungen mit seinem Duplikat jetzt auch diese Frage beantworten.«

»Und wie lautet sie?« fragte Kirk.

»Hier ist sie«, sagte McCoy. »Besitzt ein Mensch, der mit dem Transporter an einen anderen Ort versetzt worden ist, noch seine unsterbliche Seele oder nicht?«

Sie schwiegen sehr lange.

»Das weiß ich auch nicht«, sagte Spock schließlich. »Ich kann Ihnen nur eins sagen, Doktor: Falls mir jemand jemals eine Antwort auf diese Frage geben sollte, so sehe ich keine Möglichkeit, sie auf ihren Wahrheitsgehalt hin zu überprüfen. Aus diesem Grund ist die Frage also in logischer Hinsicht völlig sinnlos.«

»Ja, da haben Sie allerdings recht«, sagte McCoy resigniert. »Und irgendwie habe ich von Ihnen eine solche Antwort erwartet.«

Kirk hatte ebenfalls mit einer derartigen Antwort Spocks gerechnet. Aber er hatte den Eindruck, als ob sein Erster Offizier jetzt, irgendwie, ein wenig nachdenklich wirkte.

Oder doch nicht?